彭怡平

艺术笔记

1

彭怡平 著

中国民族摄影艺术出版社

目录

摄影笔记

戏剧 | 艺术笔记

时光淬炼而成的艺术笔记

在影像已经取代文字做为主要表达媒介的21世纪，当代视觉艺术在科技与数字浪潮的席卷下，古早的记忆，早已灰飞烟灭！我们的世界，被一幅比一幅更绚丽、更喧嚣、更取巧、更噱头的影像所包围，由这些影像构筑而成的幻像，总比朴拙的真实更为逼真。

对于出生于20世纪下半叶，从小立志当导演的我来说，我对这个世界的记忆与认知，也源自影像；却也正因这份对影像的痴迷，我涉猎了第七艺术“电影”以前的其他六种艺术：建筑、绘画、雕塑，音乐、诗和舞蹈，并着迷于历史、文学、戏剧、哲学。我的童年，就在它们的陪伴下一同度过，不知不觉中养成了敏锐的心灵，丰富的想象力，并形塑起我观看世界的方式，有时候，我甚至怀疑起我脑海中的世界，乃出自于想象。

也正因怀抱着对这世界无休无止的好奇与疑问，我选择来到艺术电影诞生的源头——巴黎，展开了我长达17年的艺术探索之旅；这段期间，我将艺术的视野与触角伸展到巴黎以外的欧洲，非洲，中、南、北美洲，中东，俄罗斯，最后回归亚洲，发现到真实的世界远比书本上来得更为丰富精彩！

但艺术家若为捕捉这花花世界的精彩而疲于奔命，岂不如夸父追日，永无止尽?！最后捕捉到的，仍是这世界的表象。

《彭怡平艺术笔记》正是我拨开浮华世界的表象，致力于追求内心那道神秘的风景的溯本追源之旅。在这套系列丛书中，我不仅谈及我最热爱的视觉艺术——电影，更将电影与不同类型的视觉艺术，如绘画、摄影、表演艺术等相结合，并旁及戏剧、音乐、传统戏曲、世界文化、哲学、文学与历史等主题的探索。我希望这套《彭怡平艺术笔记》系列丛书不仅是我个人数十年来浸淫于艺术领域，苦心钻研以后的心得分享，更能引领读者一窥艺术世界的本质。

在古希腊文中，“τέχνη”(TECHNE)代表“工艺”或“艺术”，因此，自古以来，艺术与技术不分家，艺术家必须跨界才得以客观与求得丰收的成果；而无分东方西方，一流的艺术家最重要的追求都是以极其细致的眼光，科学家精益求精的态度，扩展人类对于世界的认知，并将那些极其微小的，我们所看不见的世界，透过艺术的角度，将概念化为实体，让原本看不见的世界得以显见。也因为如此，我们很难将杉本博司单纯界定为“摄影家”，他精通历史文物，娴熟木工与设计，多起空间规划、舞台设计与雕塑创作出自他手，他更亲自撰写能剧脚本；我们更无法将达·芬奇这位艺术领域中不可世出的天才与他的科学创造区隔开来。

艺术无分国界,更无所谓的专业领域,因此,在这套“彭怡平艺术笔记”系列丛书中,我将以视觉艺术为骨干,陆续撰写《论摄影》《绘画与电影》《关于摄影、绘画与电影的思考》等多本著作……我尝试于艺术中挹注更多不同领域间的对话,交互影响的思考,以及不同的艺术形式与文化间相互碰撞交融以后所产生的各种面貌;它既是当代的,也是传统的;既是西方不断挑战过去的实验创新,也是东方回归传统的恬静自适。

期望透过这一系列的艺术文集,能够将艺术这个抽象的形而上学的世界,清晰而生动地展现于读者面前。在2014春节将至时分,仅以此系列丛书作为我致力以文化艺术追寻一个更自由、更美丽而详和的世界的真挚献礼。

最后,我要特别感谢这一路走来,为此系列丛书的出版而夜以继日努力的殷德俭社长、编辑张宇先生及设计薛涛先生,感谢他们三位儒雅绅士包容我为追求百分百完美成品的吹毛求疵,仅将此本著作问世的荣耀与他们共享。

彭怡平写于风雅堂

2014年1月27日

电影笔记

《我不要死》(Essential Killing, 2010)

战士的生命之诗

今年一整年我所看过的电影中，最令我念念不忘的是《浴室春情》（Deep End，1970）导演杰西 · 史考利莫斯基（Jerzy Skolimowski）的最新作品——《我不要死》（Essential Killing，2010），宛如一首战士的生命之诗。全片一反《浴室春情》里喧宾夺主的色彩，以近乎黑白影片的基调与默片的手法，拍摄出生命垂危之际的人生最后一段旅程。这段旅程既是肉体的也是心灵的！幽暗的冥河、陡峭的山谷与高耸入云的桦木林，守候在暗处伺机而动的猎犬与盘旋在高空中只闻其声不见其影的乌鸦与秃鹰，大自然有如危机四伏的人生炼狱；从种族、群体、阶级、战争里抽离出来的个人，在历经信仰、爱情、幸福的幻灭以后，一无所有！唯一支撑他活下去的理由，就是“我要活着”！然而，就连“活下去”的这个小小的愿望，对他而言都竟如此艰难。手无寸铁，赤身裸体，踽踽独行于危机四伏的天地间，伴他入眠的是山林野兽，果腹充饥的是树皮蚁丘，求生的意志迫使他进行无谓的杀戮，直到生命垂危之际出现的最后一道曙光抚慰他那早已疲惫不堪的心灵，战士卸下了盔甲，放下了武器，任由在白雪皑皑的大地上奔驰的白马带着他迎向生命的终点。

云端求爱记

谁能忘记乔治·梅里耶的《月球之旅》(1902)、巴斯特·基顿的《将军号》(1927)与贾克大地的《胡洛先生的假期》(1953)?《月球之旅》以舞台搭建出魔幻空间,《将军号》则让机械成为另一个演员,《胡洛先生的假期》将整个城市转化为戏剧舞台,而这三部兼具幽默与辛辣的戏剧,一如杰克德米的《秋水伊人》(1964)虽优雅却也犀利的爱情歌舞片。然而,这些电影大师相继辞世以后,此类风格几成绝响!

当我第一次在巴黎观赏《爱上冰山的女人》(L'iceberg, 2005)与《舞舞舞》(Rumba, 2008)时,便爱上了这三位创作者——多明尼克·阿佩尔(Dominique Abel)、费欧娜·戈登(Fiona Gordon)、布鲁诺·罗米(Bruno Romy),他们为沉寂已久的歌舞片注入崭新的元素——马戏团表演、哑剧,阿基·郭利斯马基(Aki Kaurismaki)的冷喜感,看似动态实际静止的定焦镜头。

如今再以《云端求爱记》(La Fée, 2011)演绎一段法式的"牛郎织女",佐以黛娜·华盛顿的《What a Difference A Day Makes》,艾灵顿公爵的《Blues in Orbit》,投机者乐团(The Ventures)的《Bongo Rock》等名曲,支支动听,堪称为好听又好看的一部爱情喜剧片。

《云端求爱记》(La Fée,2011)

大艺术家

热爱好莱坞经典影片的法国导演米歇尔·阿威纳维奇(Michel Hazanavicius),为了筹拍《大艺术家》(The Artist, 2011),向影史上的经典默片托德·布朗宁(Tod Browning)的《未知者》(The Unknown, 1927)、约瑟夫·冯·斯坦伯格(Josef Von Sternberg)的《帑暗之街》(Underworld,1927)、弗莱德瑞许·威廉穆瑙(Friedrich Wilhelm Murnau)的《日出》(Sunrise, 1927)和《都市女郎》(City Girl,1930)、金维多(King Vidor)的《群众》(The Crowd, 1928)、卓别林(Charlie Chaplin)的《城市之光》(City Lights, 1931),以及歌舞片史丹利·杜宁(Stanley Donen)的《万花嬉春》(Singin' in The Rain,1952)及乔治库克(George Cukor)的《星海浮沉录》(A Star is Born, 1954)等片取经,尤其是卓别林的这部《城市之光》,被世界影坛公认为影史上最伟大的爱情电影,他看了不下20次!

米歇尔·阿威纳维奇将这些影片的精髓融入此片,让这个时代得以认识与欣赏这些“老东西”。这位电影学养丰富的法国导演语重心长地表示:“观众应该重新欣赏黑白默片,那是现代电影所无法轻易取代的美好。”因此,我们可视《大艺术家》为导演献给自己与全世界

《大艺术家》(The Artist,2011)

影迷的一个深情的礼物。

当观众完全被这部默片里独特的时代氛围及无声胜有声的情感张力而魅惑之际，冷不防的，“声音”闯进这个无声的世界，并以迅雷不及掩耳的速度落幕！那一刻，身为观者的我们才得以真正体认到何谓“无声片的魅力”。当我们身处的这个世界有太多的喧嚣与靡靡之音，走进剧院观赏这样一部电影，那是何等的幸福？！

初恋再见!

年方 31 的法国女子米雅 · 韩桑露芙 (Mia Hansen-Love), 16 岁与阿萨亚斯结缘, 担纲演出《我的爱情遗忘在秋天》(Fin Août, Début Septembre, 1998) 一片后, 18 岁又再度被阿萨亚斯邀约演出《感伤的宿命》(Les Destinées Sentimentales, 2000) 中伊莎贝雨蓓女儿一角, 清新脱俗的气质令观者过目不忘。

22 岁那年, 韩桑露芙追随法国电影新浪潮导演楚浮等人的脚步, 成为法国最负盛名的《电影笔记》影评人, 并随着她精湛的影评开始两年的纸上导演生涯。2004 年, 韩桑露芙完成了她的第一部充满个人风格的影像作品《深思熟虑之后》(Après Mûre Réflexion), 接着以《一切都可原谅》(Tout est Pardonné, 2007) 获"路易·德吕克奖", 并一举入围凯萨奖; 2009 年自编自导的《我孩子们的爸爸》(Le Père de Mes Enfants, 2009) 拿下坎城影展"另一种注目"评审特别奖; 而她充满自传体风格的"青春三部曲"的最终篇章《再见初恋》(Un Amour de Jeunesse, 2011), 浑然天成的叙事融合流畅自然的影像语言, 娓娓道来 15 岁女孩的初恋故事。

女孩望着初恋情人一次又一次离去的背影时, 仿若心肺被掏空的哀痛, 感伤的眼神, 强颜欢笑的优雅姿态，透过韩桑露芙精炼的影像语言诠释成一篇动人的罗密欧与朱丽叶的青春恋歌。情虽远逝，但伤痛永远存在。人生如这句法文所言："必须翻开新的一页"。(Il Faut Tourner le Page！) 但那初恋的灼伤，在每个夏日时分，浅尝那初熟的樱桃，甘味中夹带的苦涩，一如往昔，不同的是，女孩已长大。

《再见初恋》(Un Amour de Jeunesse, 2011)

台湾的《惊艳布鲁哲尔》在哪里？

多年前，我来到位于三峡的李梅树纪念馆参观，那天下午，李梅树纪念馆李景文先生亲自导览，并开启密室中珍藏的数卷画作供我欣赏，其中，有一幅题名为《冰果室》的作品，让我喜爱得忍不住心动想要收藏。李先生告诉我，李梅树先生绘画前都要将构思好的场景先拍照存档，再根据照片来绘画，而这样的作画模式与印象派画家窦加如出一辙，后来李家兄弟不肯割爱，我也依依不舍地离开了李梅树纪念馆，回程时，我一路在想，如此国宝级画家的作品，不是应由国家级美术馆每年编列预算予以收购作为馆藏吗？怎会留在民间，任由画家后代子孙苦哈哈地死守着这些台湾宝藏？台湾的国美馆、北美馆以及历史博物馆又是如何看待与对待台湾这块土地上的文物遗产？

两年后，我到巴黎求学，发现每一间当地的美术馆、博物馆乃至私人纪念馆都由国家文化部每年编列预算来支撑与维系该馆的营运，以使这些宝贵的人类文物资产可以让世人分享。而蔡明亮的《脸》(Face, 2009) 更让我见识到法国这个国家为了保存传统文物而投下的心力、财力与时间；时任卢浮宫馆长的亨利 · 罗瑞特是艺术史学家，他以史无前例的跨领域艺术结合，期盼将“卢浮

《惊艳布鲁哲尔》(The Mill & The Cross,2010)

宫”三个字所代表的意义与精神藉由蔡明亮的《脸》传递到全世界；蔡明亮则藉由达·芬奇《施洗者圣约翰》这幅名画背后圣约翰、莎乐美与希律王三人之间的故事，拍出蔡式视点下的卢浮宫世界。

无独有偶，一年后，身兼作家、诗人、画家的波兰导演来希·马耶弗斯基（Lech Majewski）则以维也纳历史博物馆内的另一幅典藏——北方文艺复兴巨匠彼耶德·布鲁哲尔（Pieter Bruegel）的《前往髑髅地的行列》（The Procession to Calvary,1564）大做文章。

《惊艳布鲁哲尔》(The Mill & The Cross, 2010)改编自麦克·吉伯森的短文《磨坊与十字架》(The Mill and the Cross, de Michael F. Gibson)，看似单纯的绘画电影，实则借古讽今，影射当代政治与人世现况；这也使得本片提供了难得一见的机会，不仅邀约观者重温16世纪末尼德兰(Netherlands)争取宗教自由与政治独立的这段长达80年的独立运动史，了解布鲁哲尔这幅名画的时代背景，更进一步了解他创作的动机与其背后的故事。

1568年，尼德兰的清教徒为了反抗信仰天主教的西班牙国王菲利浦二世的专制统治，在威廉亲王的领导下，尼德兰北方数省进行起义，1648年，菲利浦二世继承者终于承认这个由7个省组成的“联省共和国”——荷兰、泽兰、乌得勒支、弗里斯兰、格罗宁根、上埃塞尔以及海尔德兰。若我们置身于1564年布鲁哲尔所在的那个年代，不难想象那时的尼德兰就如一座一触即发的火药库，人们无时无刻不活在恐惧与死亡的阴霾中，而布鲁哲尔就如蜘蛛般地窥视着这块土地上的人间景象，将一切尽揽于他精心编织的画作中，并以耶稣背负十字架前往髑髅地的故事穿插于其间，藉此唤起人性中的善良与仁慈，也同时揭露人间的残暴与邪恶，而这样以古喻今的手法，也使得这部电影跳脱了单纯的绘画电影，成为一部贯穿古今、超越时空的寓言电影。

罗蜜欧与朱丽叶的爱情故事

热恋中的罗蜜欧与朱丽叶意外地发现有了爱的结晶，他们决定厮守终生，手忙脚乱地迎接这个新生命的到来，当一切又复归平静时，却意外地发现孩子罹患了先天性脑瘤……他们没有抱怨，更无相互指责，只相约共度这段人生考验，却万万无法预料，这从天而降的考验远比他们预想的还要漫长，还要艰难。

《亲爱的别哭》(La Guerre est Déclarée, 2011) 里没有虚情假意的你爱我我爱他 (她)，描述的是一对夫妻，平凡一如你我的人间情爱故事；他俩用尽全部的力气，倾家荡产，挣扎着呵护彼此得而不易的那么一点点的幸福！

女导演华蕾莉·董泽利 (Valerie Donzelli) 将自己亲身故事搬上大银幕，还找来同为演员的前夫杰里米·艾肯 (Jeremie Elkaim) 饰演剧中男主角。华蕾莉·董泽利并在片中大量穿插多首动听的法文歌曲，如本杰明·比奥雷 (Benjamin Biolay) 的《美人痣》(Ton Grain de Beauté) 以及多部法国新浪潮电影配乐，向新浪潮经典致敬的意味浓厚！也展现法国人性格里难得一见的坚韧特质。

《亲爱的别哭》(La Guerre est Déclarée, 2011)

巴西之子——卢拉

带领巴西人民赢得2016奥运主办权的巴西总统卢拉，出身贫民窟，10岁开始受教育，靠着擦鞋与卖花生取得文凭，却从不怨天尤人，反而凭借着一己之力成为钢铁工会会长，进而赢得总统大选！从不忘本的卢拉，不仅带领巴西人民脱离贫困，还使本国人民免受主义与意识形态双重荼毒的困扰，走向一条和平、自由与理性的康庄大道，创造世界奇迹。

他的成功，凭借的不是出身白领知识分子身上惯见的自以为是及狡狯，而是底层社会熬出头的人身上都有的共通特质——过人的意志与耐心。他常说："人生在世，尽力而为！如果做不到，就'等'！"

喜见巴雷托执导的《希望大道》(Lula, Son of Brazil, 2011)，未见伟人传记中过多的虚荣，而是见到一位平凡人物不平凡的一生。

《希望大道》(Lula, Son of Brazil, 2011)

《皇家风流史》(A Royal Affair, 2012)

皇家风流史

冲着拉斯·冯·提尔的名字，我纳闷地挑选了这部片名有点看似皇家绯闻的影片《皇家风流史》(A Royal Affair, 2012)。然而，从片头的一连串名词：贵族、宗教、王权、农奴，以及，一桩看似完美无瑕的皇室婚礼与启蒙运动思想萌芽的18世纪……揭示了这个爱情故事一点也不平凡。

剧情以难以想象的发展，揭露了那个时代的理想主义者与改革主义者，始终敌不过利益纠葛的人心欲望，到头来，不仅身陷于自己一手打造起来的人道主义王国，就连自己也无法幸免于难的悲剧！

我想起普罗米修斯的故事。普罗米修斯教会了人类很多知识，甚至不惜触怒宙斯，帮人类从奥林匹斯偷取火苗，宙斯将他锁在高加索山的悬崖上，每天派一只鹰去吃他的肝，又让他的肝每天重新长出，永世蒙受这种折磨与痛苦。我想起黑泽明的《七武士》里农民借着武士之手赶走了强盗，当村庄恢复了风平浪静以后，农民不再需要武士，幸存的武士难掩唏嘘地离开村庄，身后留下的，只有山丘上的一具具土坟。

高行健曾说：“文人从政，粉身碎骨！”改编自真实人生故事的《皇家风流史》，再次印证了前人种树后人乘凉的理想主义者悲歌。

《希望之国》(The Land of Hope,2012)

希望之国

佐久间友美(Tomomi Sakuma)《追忆》(Tetsu and Otyu) 里日本老爷爷老奶奶的音容还未淡出，今晚又观赏了诗人导演园子温(Sion Sono)以“311 福岛核灾后”为主题的影片，藉由片中三对不同年龄的恋人，呈现灾区居民的真实感受和一路相持走来的心灵旅程。

片中的日本灾民并未出现世界新闻报道中一贯呈现的井然有序，政府一个命令、一个动作的顺民模样；相反的，他们歇斯底里，拒绝服从，我行我素，举止偏离社会常轨，异于常人，数度突破政府标示的“禁止入内”线，在宛如鬼城的灾后现场里寻找，映入眼帘的，却是满目疮痍的景象，拾起的，尽是碎成片片的残骸。家园永远失去，记忆却如影随形。

人们只能如失了根的兰花般，在雪白的大地上继续前行，寻找另一个他们心中的梦土，到头来却发现，世间若有天堂，那便是“爱人的怀抱”。他们在彼此的体温里勇敢地迎向人生的终点——死亡。

马勒未完成的十号交响曲为片中诗意而悲壮的人生画下最美的句点。

我把莫内花园给吞进肚子里去了!

对于无法亲自前往法国中部山区一探布拉斯家族餐厅的美食饕客来说，欣赏法国新锐导演保罗·拉寇斯(Paul Lacoste)的电影《米其林厨神：美味的传承》(Entre Les Bras)，不仅是一场让人垂涎三尺的视觉飨宴，更深入地将法国精致料理的百年精髓尽现其中；该片展露了这位“世界十大名厨”——米其林三星神厨米修·布拉斯(Michel Bras)神奇的厨房魔法，也生动刻画了这个百年美味家族的四代传承，获选为今年柏林影展“美食大观”观摩电影!

《米其林厨神：美味的传承》剧情描述30多年前，米修·布拉斯随母亲学习厨艺，进而接掌家族事业，经由他日以继夜潜心钻研，创作出一道又一道富含哲学思想与美学风格的佳肴，为他赢得享誉全球的名望，而随着年岁渐长，他也发布退休的消息，打算培养自己的儿子——赛巴提恩接班；然而，大半辈子都在厨房度过的他，仍然每天到厨房报到，一间厨房容不下两个男人！布拉斯父子对美食各有各的品味与坚持，也使这场美味传承出现了冲突与变数。

对儿子来说，最艰困的挑战是如何走出父亲的光环，闯出自己在美食界的地位与建立自己的风格？而对誉为美食界厨神的米修·布拉斯来说，要交出这份偃然与生

《米其林厨神：美味的传承》(Entre Les Bras)

命融为一体的料理工作，更是生死攸关！电影《米其林厨神：美味的传承》透过多段细腻的描绘与含蓄却也动人的片段，娓娓道来这个美食家族的传承；当这对厨神父子彼此挖苦对方食谱时，逗趣互动就如同一般父子，让观众看了会心大笑！

师法《山村犹有读书声》导演尼可拉斯·菲力柏特（Nicolas Philibert）及《我在法国南部有间小屋》导演雷蒙·德帕东（Raymond Depardon）两位大师，导演保罗·拉寇斯以鸟瞰影像，将美不胜收的法国南方田园风格展露在观者面前，全片不但遵循四季时节切入，藉此强调布拉斯家族以大自然为本，坚持使用当地新鲜食材入菜，更多次展现这对父子对待餐盘里的食物，有如画家之于画布那般，如影片一开始这道挑逗味蕾与视觉的招牌菜——“田园色拉”，便集合了30多种香草、花瓣、野菜的鲜甜温盘色拉作开场……

银幕上，一只宛如珠贝般的白色餐盘揭开影片的序幕。

画外音对观者述说着他的招牌菜——“田园色拉”，伴随食材名称而出现的是厨师的手，正以餐盘当画布，于上任意挥洒出大自然的色彩。

黑色的橄榄酱、黄色的椒泥、几粒白芝麻、绿色黄瓜泥、红色的醡浆草泥……转瞬间，一幅米罗的抽象绘画在我眼前展开，原以为这色彩交织而成的田园交响乐在此刻已然中止！没想到，那只神奇的手突然在这会又添加了一片芹菜叶、一根芦笋条，尾随在后的那瓣朝鲜蓟、一小块绿色的花椰菜心、红苋菜，辣得令人鼻头发麻的樱桃萝卜，鲜嫩的豆子，爽脆的大白菜，今晨刚自花园内采摘的新鲜西红柿，单面煎黄的鲜嫩马铃薯，这还没完！……这只神奇的手紧接着又加上提味的希腊缬草、红酢浆草、水芹菜、蓝铃花、前胡花、车前山慈姑、滨藜，让美味添加来自海洋的气息……再添入大黄、茴香、盛开在阳台的白玫瑰花瓣、抓住季节尾巴的金雀花、山铃葱、紫娇花、几片鲜葡萄叶、新鲜美味的豆苗、三色堇，用来添点迷人苦味的食用罂粟花、芫荽、野韭菜，最后以一叶菊苣画下句点！

望着眼前这盘以季节蔬果拼贴而成的田园色拉，我竟忘了置身于台湾，恍神间，眼前出现的是那百花盛开、四季如春的“莫奈花园”！塞尚正对着莫奈发出由衷的礼赞：“你只有一只眼睛，可是——老天！这是何等厉害的一只眼啊！”而多年以后，亨利乔治·克鲁索以同样的热情录下一代画师毕加索只手在77分钟内不间断地画出15幅作品的惊人才华。那是什么样的国度，可以让置身其中的厨师也好，画家也好，个个得以一只手，创造出不朽的神奇？

影片中更以日本家喻户晓的食材——豆腐为楔子，巨细靡遗地记录这位厨师如何将东西方饮食文化兼容并蓄，并且回溯个人的成长历史，开创出属于自己的料理之路；影片结束于厨神之子赛巴提恩在“巴黎皇宫花园”举办的新品发表会，如同以此昭告天下：布拉斯家族的美味传承，至此大功告成！

凯撒必须死：舞台重生

近来因看戏而重读这套大学时期珍藏的《莎士比亚全集》，每每为字里行间闪现的哲思与其层次丰富的人性刻画而心醉不已！而随着时日更迭而越现华采的莎士比亚戏剧，今年更因金棕榈奖得主塔维安尼兄弟（Vittorio & Paolo Taviani）改编自莎翁历史人物名剧《朱利阿斯·西撒的生与死》（The Life & Death of Julius Caesar）的《凯撒必须死：舞台重生》（Caesar Must Die，2012）而再次引起莎剧旋风。

塔维安尼兄弟将此剧搬上一个十分特别的舞台，专关重刑犯的罗马监狱——雷比比亚（Rebibbia），由来自五湖四海、货真价实的重刑犯演出全剧主配角，并开放一般民众买票进场观戏；这个充满实验性的尝试在戏剧落幕、囚犯各自返回囚室时的那一刻起，才真正引爆此剧高潮。

剧中饰演卡西乌的柯西默·雷加（Cosimo Rega），望着这一方斗室，发出如此慨叹："自从我认识了艺术，这牢房便成了监狱……"这句话令我心头为之一颤！并让我忘记了他身为囚犯的身份，转而思索人类社会普遍的困境，若非艺术在人的心里点起一盏明灯，如何找到生命的出口？而这位因谋杀罪名而被判终身监禁的雷

《凯撒必须死：舞台重生》(Caesar Must Die, 2012)

加，自此以后浸淫文学艺术，在狱中写出字字血泪的《我是鹰——终身罪犯的自白》一书，出版后获得广大的回响；而另一位在剧中饰演布鲁托的萨尔瓦多·斯特利安诺（Salvatore Striano），出狱后更投身于舞台与电影工作，成为专职演员；饰演凯撒大帝的乔凡尼·阿库利(Giovanni Arcuri)也将这段囚室人生写成《心的自由》。

如果说莎翁藉布鲁托之口呐喊出反殖民主义与反帝国主义的民主思想“和平，解放，自由！”那么，他则透过卡西乌之口，预言人类的历史将是一连串轮番上阵演出人民反抗独裁统治与极权思想的血书。塔维安尼兄弟的《凯撒必须死：舞台重生》，再一次向世人证明：艺术的力量比枪炮更强大，比金权更持久；一旦它启迪了心智，那将是发自生命的信仰。

猫比人类更有智慧

多亏了今年金马国际影展举办的“克里斯·马克”专题，我得以重温这位自影痴时代就对我产生不可磨灭影响的实验电影导演。

高三那年，一个很偶然的机缘之下，我于当时台湾唯一，且由私人经营的艺术电影中心“影庐”看到了《堤》（La Jetée，1962）；这部纯由摄影、画外音及动人的音乐拼贴而成的科幻寓言故事，相较于传统的电影叙事语言，是继俄罗斯电影蒙太奇叙事手法的再一次革命性颠覆，不仅开启了我对于实验电影的浓烈兴趣，更为日后的摄影艺术埋下了因子。

然而，随着我在巴黎展开对于克里斯·马克较为深刻的电影研究工作以后却发现，他的作品数量不仅惊人，多达131部，光是导演作品就高达44部；而在电影类型上，他恣意纵横于剧情、纪录、实验、录像乃至于摄影等全然不同的影像创作领域，并且无论主题为何，始终保有独立思辩的精神以及冷静犀利的个人视点，这些特点使得他的作品令我过目不忘，也让我不能不将他与那个时代同样特立独行的高达以及品味独树一格的亚伦雷奈相提并论。随着我看过越来越多克里斯·马克的作品并且阅读他谜样般的人生过后，

《巴黎墙上的猫》(Chats Perchés, 2004)

我发现他一如高达，虽出身法国布尔乔亚阶级，却投身左翼政治与思想运动，为弱势群体与第三世界发出个人的声音，是个无可救药的理想主义者，加上生性孤独，喜爱一个人旅行，从不与官方或民间组织打交道，使得他可以摆脱任何的外力干扰，纯粹为自己的政治立场与艺术观点发声。

他的孤僻与洁僻有如一只猫，所经之处，蹑手蹑脚，不着痕迹，却以他那无所不在的猫眼，冷眼旁观这世道，瞅看着人间的光怪陆离，见证 20 世纪风起云涌的历史流转；人类为了反抗暴政而奋不顾身，历经学运、社运、工运、无产阶级思想及政治运动的崛起、政变与掌权以后，伴随权力而生的腐化，使得那些曾经热血拥抱自由、平等、正义理念的青年，瞬间苍老！美好的憧憬不再，理想的幻灭伴随而来的是对现实的妥协乃至现况的冷漠！难怪，克里斯 · 马克在这部探讨 1967 年至 1971 年的左翼运动的兴衰史——《红在革命蔓延时》（Le Fond de l'Air est Rouge, 1977）里要自比为猫，因为猫比人类更聪明，绝不会与当权者站在一起！那会玷污了灵魂。

这只猫，后来在《巴黎墙上的猫》（Chats Perchés, 2004）里成了一只龇牙咧嘴的黄猫，带领着人类回顾千禧前后的世界历史，自由地穿梭于宫崎骏的《龙猫》、《爱丽斯梦游仙境》，爱因斯坦怀里的猫宇宙；从史前的人类洞穴壁画、结构主义到梵高的房间里的一张神秘的画作；再引领着我们回到法国一同参与席哈克的选举，历经库德族屠杀事件、小布什的二次伊拉克战争……在一次又一次反复的观影后，我终于理解，当人类一思索，这只猫为何便龇牙咧嘴地大笑了！

《回到初相遇》(La vie d'une autre, 2012)

回到初相遇

如果一觉醒来，发现已是15年以后，却对这15年间所发生的点滴，不复记忆？

《回到初相遇》(2012)的故事情节，乍听起来，与唐朝李公佐的《南柯太守传》有几分神似，却是改编自法国小说家费德莉克·德格特(Frederique Deghelt)的畅销小说《被偷走的十二年》(La Vie d'une Autre)；电影虽未忠于原著，却汲取精髓，并融入导演希薇·泰丝特(Sylvie Testud)个人丰沛的人生与爱情经历，这也使得精神上，多了几分“南柯一梦”式的“富贵功名爱情皆是梦”的人生观。

女主角朱丽叶·比诺什近年来佳作频频，不断挑战各式各样的角色，演技早已炉火纯青，但在这部影片中，她将这位深陷于时间与记忆迷宫，试图拼凑与找回失去自我的女子，诠释得既脆弱又坚强，层次分明的演出，引领观众再次回到《新桥恋人》时期的她，闪亮动人如昔。

与其搭档演出的马修卡·索维兹，演出饱受爱恨煎熬的丈夫一角，面对他曾经深爱过的女人，从可爱天真的少女，逐渐变成一个只知追求名利，冷酷无情的陌生人时，表面看似淡定，内心却早已伤痕累累，内敛却张力十足的表演，使得这部仰赖好演员好剧本小成本制作的电影，在法国上映之初就屡创口碑与票房佳绩。

浮光掠影的《巴黎妓院回忆录》

2011在巴黎旅居期间，观赏了两部以“性服务工作者”为主题的作品。一部是女摄影家珍·艾芙琳·阿特伍（Jane Evelyn Atwood）以30年为经纬，拍摄而成的《隆巴街》回顾展，另一部则是于2011坎城影展竞赛片中备受世人注目的《巴黎妓院回忆录》（L'Apollonide, 2011），由贝特朗·波尼洛（Bertrand Bonello）执导。

人间戏剧的舞台

这位曾以《色情大师》(Le Pornographe, 2001),《我是男我是女》（Tiresia, 2003）在影坛掀起不小热浪的法国导演，其后虽偶有佳作，如2005年向女性摄影师辛迪·雪曼（Cindy Sherman）致敬的短片《辛迪，洋娃娃是我》（Cindy The Doll is Mine），却未引起太多的关注，直到这部仍旧以色情产业为主题的《巴黎妓院回忆录》问世，才重新唤回影迷的记忆；这一次，他将镜头瞄准19世纪末至20世纪初的“美好年代”（Belle Époque）里的情色艺术空间——妓院，并以这个密闭的空间比喻为人类权力欲望的舞台，演出一幕又一幕横跨19世纪末至20世纪初的法国社会缩影。

全剧一开始便是一连串让观者眼睛一亮的黑白摄影

集锦。截然不同于珍·艾芙琳镜头下卖春女子活色生香的肉体魅惑，这些黑白照颓废疏离，衬底音乐却是充满活力的摇滚——李·摩斯(Lee Moses)的《坏女孩》(Bad Girl)。

随着Zoom镜头的推移，影片引领观者尾随着无精打采的女子背影，深入一条漫长地似乎永无止境的漆黑甬道，直到女子以雪白的身躯为我们点亮了这黑暗，以妩媚的笑容与炽烈的青春，为死气沉沉的空间里注入生命的活力。贵族、富豪、政治菁英及文化名流，莫不争相在此停留驻足，他们来此，为的却不只博得一夜春宵。他们拜倒于这些女子的石榴裙下，也为了寻找创作的灵感，情感的慰藉，甚至于妓院的气氛。

那个时代的妓院是男人们绝佳的社交场所。他们在此朗读法国作家朱尔·维恩(Jules Verne)的近作，对1900年巴黎世界博览会期间通行的巴黎地铁冷嘲热讽，议论法兰西第三共和国的现况，在此下棋、玩游戏或打牌，举办面具舞会等，连带满足他们的感官欲望。

他们以百瓶香槟汇集成黄金澡堂，透过魔幻镜室窥视女人的身体转化为一幅立体派绘画；在充满东方风情的房间内，金发碧眼女子化身为百依百顺的日本艺妓，以模拟的牙牙日语朗诵着连萨德侯爵听闻后都会情欲贲张的诗篇；扮装为洋娃娃的女子，模拟机器人的动作，

《巴黎妓院回忆录》(L'Apollonide, 2011)

却越发激起恩客的欲望！这些上流社会的男人却毫不在乎这些妓女的感受，在她们面前炫耀他们的知识与学养，并藉由引述一位女性主义人类学家所写的“妓女的脑子与罪犯的脑子一样，都比正常的人脑尺寸小，这也显示出妓女比一般人的智慧低等”来贬抑她们。

以光影对比叙述故事

波尼洛构思剧本时，参考了无数的资料，最主要的素材莫过于法国作家罗尔·阿德勒（Laure Adle）于1990年出版的《1830年至1930年间高级妓院的日常生活》（La Vie Quotidienne dans les Maisons Closes de 1830–1930)，以及雨果于1869年发表的《笑面人》；而原文片名《封闭的房子》(Maisons Closes)，当时是“高级妓院”的代名词。

为了营造出丰富的意像，也为了满足导演“一镜到底”(Plan Séquence)的要求，摄影师裘塞·戴海（Josée Deshaies）运用光与影的对比来切割出空间场景，营造时光流转的氛围，以及上流社会与底层社会间截然不同的生活境遇。比如，开场里那座灯光幽暗，空间狭小得令观者窒息的更衣室，与女子更衣后明艳动人的温暖色调，形成强烈对比！

女子们更衣的那个镜头让我联想起珍艾芙琳于1990

年拍摄的那张《俄罗斯女囚蒸气室》。同样的密闭空间内，女人被限制的不仅是行动上的自由，也是畅所欲言的权利，在老鸨面前，她们能够回应的只有这句："是的，夫人。"在嫖客面前，她们唯一能够做的就是顺从与满足他们的欲望，在这个看似女人主导的欲望空间里，因为金钱的介入而形成了主人与奴隶的关系；即使危机来临之际，绰号"犹太女"的妓女也因恩客一句"我付钱，你就得听我的！"而放弃了抵抗。也就是这样逆来顺受的主从关系带出了这个行业的潜伏危机。

"犹太女"成了"笑面女"，她遭遇到的痛苦却使她成为上流社会的新鲜玩物，裘塞·戴海运用冷光来呈现"笑面女"眼中上流社会的残酷与冷血，而透过她的眼，我们得以逐步进入这座妓院中女子的内心世界，窥见所谓的"法兰西第三共和国"，对于广大的老百姓来说，只不过是由封建社会转而成为资本主义社会，财富与特权依旧集聚在一小撮的统治者手里，而过往加诸奴隶身心上的枷锁，在我们的时代，转而由劳工阶级概括承受！就连仰赖剥削妓女维生的老鸨，也被她的房东剥削，对自己的命运也同样地无能为力！这也使得这部影片得以摆脱这类主题惯见的矫揉造作与温情主义，或者耽溺于肉体享乐的色欲主义，转而成为一部以光与影精心打造出"美好年代"氛围的细腻之作。

重现历史时空

一如为此片拍摄海报的时尚摄影师保罗·罗佛西(Paolo Roversi)所言："对我来说，光就是生命。当我想起光的时候，我总想到光线到达我的拍摄对象时，经过了那么长的旅程。"而那个已经凋零的"美好年代"，那古典华丽的人间剧场里软语呢哝的莺莺燕燕，那婆娑的身影，那巧笑盼兮的回眸一望，慵懒地斜倚着贵妃椅的身躯，水晶杯碰撞发出的轻脆声响，在这一刻，因为光的旅程，神奇地重现在我们眼前……

《女艺革命》(Women Art Revolution,2012)

女艺革命

2012年度女性影展片单一如往年精彩。分就宗教、艺术、历史与人权四个面向，推荐以下4部电影。

《给阿拉的悄悄话》乃信奉伊斯兰教的挪威籍土耳其女性娜菲斯·罗伦岑的掷地有声之作。来自美国的琳恩·李森则以《女艺革命》记录了40年来女性主义艺术运动与美国60年代的反战和人权运动的关系，多起宝贵实例揭露这些勇敢的女性艺术家，如何运用思想与艺术行动，给予艺文圈的父权意识形态、官僚主义与腐败一记当头棒喝！台湾导演郭昱沂的《女书回生》，则是一窥这段中国历史堂奥的最后珍贵记录。来自荷兰的嘉柏儿·柏法思、罗伯·史候德则以《性福阿嬷店》现身说法性服务工作者如何摆脱女性等于“受害者”的意识，为自己的权利挺身而出！

在女影即将登场之际，盼这次的影像再次提供台湾社会不同的性别思维与作法，对于日后两性平权的落实，相信会起到关键性的作用。

食物恋与科技恋

2007年2月，安德烈亚·格斯基（Andreas Gursky，1955–）的摄影作品《99分》(99 Cents，1999)，创下史上第一高价334万美元的摄影作品拍卖纪录。为什么这张以洛杉矶圣塔摩妮卡的廉价超级市场为背景的作品，竟然引发世人如此高的关注？

在这张图片中，那如山峦般一望无际的白色陈列架被五颜六色的廉价食品给塞满，人们置身于浩瀚的大卖场里，望着琳琅满目的食品却不知如何选择，自主意志在五花八门的食品广告的猛烈攻势下而失守，结账时，大部分的消费者买了一堆他原本不需要，并且添加了大量人工化学添加物的加工食品。而这些添加了E320、E215、E471、防腐剂、着色剂乃至人工香料的加工食品，不但在当今食品市场里成为主流，还急遽地改变了人类的生活方式与饮食习惯，消费者习以为常！殊不知，这样的人工食品已为自己的健康与居住的环境带来何等恶劣的影响。更糟糕的是，伴随着科技文明与现代化而来的，是以机械化的耕种、喷洒化学农药、饲料内掺杂化学药品如瘦肉精，或者基因改造的方式以培育大量的农作物与降低牲畜的饲料成本以提高收益，然而，一昧追求利润造成了什么样的结果？

《人工智能》(Plug & Pray, 2010)

根据2007年美国环境健康调查组织的报告显示，罹癌的比例不断攀升，且年龄层不断地下降，而自1972年至2007年这35年里，男性罹患癌症的比例竟然增高了93%，并且有高出一半的比例皆因环境污染而引起！环境污染不是只局限于大都市，就连以务农畜牧为主的乡村也无法幸免！因为，农牧业者在生产食品的过程中，不间断地使用充满了各式各样毒素的化学农药以杀虫除草，结果不但使得长期使用这些化学农药的农民罹患了各式各样的疾病，如白血病、肾衰竭、皮肤癌、神经系统疾病、情绪失调、肺癌等等，就连吃下这些剧毒食品的孩童也无法幸免！为了挽救下一代，法国的一个小城镇的镇长与村民连手，共同协力打造出一个无毒有机的环境，村民与镇长的努力，透过尚保罗·裘德(Jean-Paul Jaud)这位法国导演的镜头，展现出非比寻常的魅力。

那翠绿的山野风光，恬静的乡村生活，因使用化学农药而满怀内疚与担忧的农民，为了儿童健康而四处奔走倡导AB有机农业与有机营养午餐的镇长，对教育怀抱着无比热情的小学老师将孩童们训练成一批捍卫有机环境的环保尖兵；《爱的营养午餐》(Nosenfants Nous Accuseront，2008)里这些人物的现身说明，不约而同地对世人传达出一个千古不变的讯息——美好生活源自于对于大自然的尊崇与敬意。

在另一部《人工智能》(Plug & Pray，2010)里，我们却看到人类的另一面。德国导演汉斯·商杰(Jens Schanze，2010)足迹遍及意大利、日本、德国与美国，造访多位致力于发展A.I.人工智能机器人的顶尖科学家，包括雷蒙·柯兹维尔(Raymond Kurzweil)与日本大阪的石黑浩教授，以及当年创造出智能程序ELIZA的科学家约瑟夫·魏森堡(Joseph Weizenbaum)；80高龄的约瑟夫·魏森堡，如今却对自己的发明懊悔不已，他奔走四处，疾呼A.I.人工智能的发展将导致人类世界毁灭的危机。本片透过诸位科学家的访谈，提出“上帝造人，人造机器人”所触及的心理、道德与宗教争议，并旁及诸国之间的政治较劲、经济市场以及军事目的，堪称近年来探讨A.I.人工智能最完整的一部作品。

然而，无论是《爱的营养午餐》还是《人工智能》，都不免引发我的深思，科技文明带给人类的，究竟是更美好的未来生活，还是万劫不复的地狱？随着瘦肉精与宅男宅女议题的甚嚣尘上，或许，返朴归真，人类才得以重拾幸福。

我的电影梦

我一直有个梦想，拍一部电影。虽然学生时期志在导演，但比起当导演，我更喜爱编剧工作。如不是因缘际会，台湾电影业不景气促使我转进作家行业，继而搞起摄影，我极可能早已实践儿时梦想。

马尔克斯的电影梦

近来重读马尔克斯的著作与访谈，意外地发现，原来青年时期的马尔克斯也曾怀抱电影美梦，他赴罗马学电影，尔后，为了一圆电影梦又来到了墨西哥，却发现电影这个行业是一种工业艺术，想要在其中真正表达自己，实际上非常地困难。当他写出平生第一本畅销书《百年孤独》（1967）后，不少制片人捧着大笔银子找他的经纪人，表达想要改编电影的强烈愿望，马尔克斯反而踌躇，认为电影破坏了作品与读者之间的神秘联系。

延宕了 20 年之久，《百年孤独》终于由法兰西思可·罗西（Francisco Rosi）改编成《预知死亡纪事》（Chronicle of Death Foretold，1987），映演后，毁多于誉，还逼使马尔克斯不得不现身说出“这片拍得不错”以平息众怒。马尔克斯对于电影既爱又恨的心情，相信必能引起不少作家的同理心，然而，对于每天生存

《预知死亡纪事》(Chronicle of Death Foretold,1987)

于荒谬情境中的拉丁美洲人民而言，马尔克斯的“魔幻”，乃是真实的日常生活，他们就活在人类所能发挥想象力的最狂野的现实情境中；哥伦比亚的政治暴力与瘟疫有着相同的形而上学；《独裁者的秋天》里的独夫，取材自真实；这也是为什么拉丁美洲人民看了意大利导演罗西的影片会直摇头的原因，因为，与他们所置身的可怖真实相比，这部电影仅是隔靴搔痒！

如此来看，捷克人民可是拉丁美洲人民的知音了！因为，无论在电影、文学，或是戏剧，20世纪极权统治以来的捷克，荒谬的政治现况及人生处境，都足以与拉丁美洲的魔幻写实相提并论，这也为情思敏捷的捷克创作者提供了源源不竭的灵感。

从布拉格之春到哈维尔的最后告白

还记得，第一次，我与捷克电影相遇于2002年的台北电影节。那年的城市主题分别为巴黎与布拉格，我虽长年留学法国，却完完全全被捷克电影天马行空的说故事方式所折服，这次的惊艳使我回想起1995那年，我只身前往布拉格，所经之处，人皆面无表情，第一次，我深感不安，不是因为我是此地的唯一外国人，而是当地居民冷漠而空洞的眼神！我难以想象，这个国度可孕育出一如卡夫卡、米兰昆德拉、赫拉巴尔等著名作家，史麦塔纳、德弗扎克等音乐家，米洛斯·福尔曼、维拉·希蒂洛娃、伊利·曼佐、伊利·唐卡等电影导演，以及剧作家——哈维尔等世界一流的作家与艺术家。

应该如何介绍哈维尔？作家、剧作家、哲学家、政治犯，捷克走向民主共和时代的首任总统？还是唯一一部剧情长片的导演兼演员？这些称谓，都代表了他不同人生阶段所从事的不同职业，但仍旧无法概括说明哈维尔究竟是个什么样的人。

翻开哈维尔的个人史，不难发现，自思想启蒙之初，他便为捷克的自由民主运动而战，并终生以此为职志，努力不懈：从推动1968年的布拉格之春，到1968年8月21日，苏联坦克车开进布拉格，粉碎整个世代追求自由民主的梦想以后，哈维尔加入自由捷克电台，继续针贬时事；1977年，他发表《七七宪章》，要求尊重人权，为此下狱长达5年；之后，他多次陷身囹圄，直到1989年，东欧变天，引爆“天鹅绒革命”，推翻暴政，哈维尔成为捷克斯洛伐克的第一任民选总统。1990年，哈维尔于元旦发表的这篇题为《人民，你们的政府归还给你们了！》的公告内，特别引述其中这三段话……

“上个政权，夹其专横跋扈、不容异见的意识形态，将人降格为生产力，把自然沦为生产工具，破坏了人与自然的本质……在这个政权底下，能够自行处事，敢于

《总理的最后告别》(Leaving, 2011)

冒险犯难的民族，结果沦为畸形、破陋、发臭的巨型机器里面的齿轮。”

“现在，惯于屈从、饱受凌辱、满腹狐疑、看起来怎么也不肯相信的捷克民族，突然找到如此庞大的力量，在数周内以完全和平庄重的手法扫除集权制度。对此，举世震惊不已。其实，我们自己也感到惊讶。我们反问自己，素来对其他制度一无所知的年青人，究竟是在哪里找到对于真理的渴求，对自由思想的热爱，以致政治上的想象力，公民应有的勇气与眼光呢？”

“自信不是自负。恰恰相反，只有真正自信的人或国家，才能够倾听别人的声音，平等对待他人，宽恕敌人，悔咎自己的过错。”

这位终生以“真理与爱一定战胜谎言与仇恨”为座右铭的捷克前总理，于2003年卸任以后，选择回归艺术之路，不但完成了他19年前起头，却始终未竟笔的舞台剧《离开》(Leaving)，还于2011年将此剧作改编为电影《总理的最后告别》（Leaving，2011），将他高潮迭起的一生，画下永不留遗憾的完美句点。

望着哈维尔这张叼着烟、一副啥都不在乎的照片，想起在布拉格的那个晚上，我坐在酒吧内，望着电视上这位老兄正对着他看不见的全国百姓陈述着：“政治建基于道德之上。让我们教导自己与他人，政治应当使人们表达与实现贡献社会福利的抱负，而不是促使人们对社会的欺骗与掠夺。让我们教导自己与他人，政治也可以是一门不妥协的艺术：也就是改善自己、改善世界……”

酒保擦拭着酒杯，头也不抬地嘴里咕哝着：“又是老爹在说教了！”另一位客人目无表情地看着屏幕，舞动着双手叫嚷着：“哈维尔，硬起来！我们不要一个开口闭口仁义道德的总理，我们要一位‘强人’。”

2011 年 12 月 18 日，哈维尔在梦中逝世，他所代表的传统、价值和理念，随着他的离开公职，逐渐于捷克及世界的政坛上消失，或许，哈维尔早料到会是如此，在离开这个世界以前，他将最后的一堂课，化做电影《总理的最后告别》，仿佛在提醒世人：“要仁爱的耶稣，不要暴政的凯撒！”“自由与民主的真正意思就是‘人人都有参与和负责的份儿’。”

聂华苓与那个时代的女子

在这个世界上，多数人追求肚皮的满足，部分人追求名利的满足，但，有极少数人追求的是心灵的满足，或许，心灵的平静。

昨日观赏陈安琪执导的《三生三世聂华苓》，随着这位女性的一生，历经民国时期军阀割据、中日八年战争、国共内战、国民政府流亡台湾、《自由中国》的白色恐怖，后随此生挚爱保罗·安格尔来到爱荷华，自此，她颠沛流离的生活才真正结束，有了可以安身立命的“家”。

两人为了人间大爱而共同创办爱荷华大学“国际写作计划”，自 1967 年诞生以来，这个世界作家工坊，惠泽了 70 多个国家的 1000 多位作家。多数作家来自当时的铁幕国家，如东欧与中南美洲，也包括两岸作家。他们当中，绝大多数都是首次踏出国门，接触世界，聂华苓与保罗·安格尔的家，提供了这些文人卸下心房，针对各种议题广泛交流的空间，从而跨越政治与文化藩篱，得以为整个世界和平与人类进步做出一己的贡献。身为女主人的聂华苓，更因对这些作家发自内心的关爱与无微不致的照顾而被称作“世界文坛的母亲”。

这部真情至性的纪录片不仅让我初步接触到华人世

《三生三世聂华苓》(One Tree Three Lives Nieh, 2012)

界这位杰出女性传奇的人生，更让我见识到她如何在极度恐惧中仍能保持思考与冷静。1960 年，雷震、殷海光被捕，《自由中国》停刊，她镇日埋首文学，于痛苦、贫困与恐惧交织的人生中写下《失去的金铃子》一书，作品的文字安静深邃，真实朴拙，截然不同于这个时代作家词藻华美却情感匮乏，区区几个字就表达出对人世的了然于心！就可以让读到她文字的人，放下仇恨去拥抱敌人。

我难以忘记片中另一位寥寥数笔带过的女作家——丁玲。那日的她，虽外表已如乡间村妇，但在酒吧看见穿着皮草的女性时，仍能回忆起生命里曾有过的滋味，对着蒋勋，淡定地说出："你知道吗？我年轻时在上海也是那款打扮的摩登女郎喔。"

这些可爱的世间女子，20 世纪的中国，曾经如此无情地辗过她们的灵魂与身躯，落得如丁玲，甚至林昭般更悲惨的命运，难有如聂华苓这般，聪慧果决，并觅得美好归宿，得以施展抱负，但，这些世间女子的身影却长驻我心，我会时时记得她们的爱，在愚昧与贪婪的世界里有如一道曙光，守护着我们的良知，点亮人间的希望。

凝视玛莉娜

20世纪初，当中国艺术家还在画山水花卉，视裸体为禁忌时，潘玉良不惜以自己的身体入画，并将个人经历融入创作，她的前卫与真诚，却遭来政府撤展命令，舆论也讥笑她为妓女；同一时期的西方，第一次世界大战伴随而生的“达达主义宣言”，预见了20世纪的西方艺术，将是对现有的文艺复兴时期以降的美学风格、政治意识形态、大众审美趣味，一波接一波，永无休止的反动与革命！

从达达、杜尚到行为艺术

达达艺术创始人——诗人查拉（Tristan Tzara）说出：“我有一个疯狂的、星光闪闪的渴望：谋杀美。”1917年，杜尚(Marcel Duchamp)以《喷泉》(Fountain)，这件“现成品”(Ready-Made)奠定“观念艺术”的里程碑，自此，西方现代艺术与传统分道扬镳。日后，杜尚的“观念艺术”与查拉版达达主义宣言里“扼杀美”“随机”“偶发”概念，不断地被引用与发展，20世纪60年代兴起的“行为艺术”（Performance Art）思想便师承于此。代表艺术家维托·阿肯锡（Vito Acconci）、赫尔曼·尼特西（Hermann Nitsch）、约瑟

《凝视玛莉娜》(Marina Abramovi;The Artist is Present, 2012)

夫·博伊斯（Joseph Beuys）和艾伦·卡普洛（Allan Kaprow）等人。

何谓“行为艺术”？罗斯李·歌德堡（Rose Lee Goldberg）在《行为艺术：从未来派到现代派》（Performance Art：From Futurism to the Present）一书中如是定义：“行为艺术”一直是一种直接对大众进行呼吁的方式，通过使观众震惊，从而重新审视他们原有的艺术观及其与文化之间的联系。民众对媒体的兴趣，尤其在20世纪80年代，源自民众进入艺术世界的强烈欲望；这种“进入”包括观赏其典礼、其独特的社团，以及艺术家们设计出的种种惊异（且通常非正统）的表演。行为艺术作品既可以单人也可以群体完成，可含由表演者自创或协作完成的灯光、音效及视觉效果，表演地点可以是美术馆、画廊，或其他“替代场所”——剧院、咖啡馆、酒吧、街角等等。

与戏剧不同的是，在行为艺术表演中，表演者就是艺术家本人，偶尔会有一类似演员的角色，表演内容也罕有传统结构或叙述方式。表演既可以是一系列密集的手势，也可以是大型舞台的视觉戏剧；既可以是自发的即兴表演，也可以是经过数月排练的演出；持续时间可从几分钟到数小时不等，场次不限，有无剧本皆可。”

“行为艺术”日后又发展出四大流派：身体艺术

（Body Art）、激浪艺术（Fluxus）、动作诗（Action Poetry）、互动媒体（Intermedia）。而马修 · 艾可斯（Matthew Akers）应纽约当代艺术博物馆（MOMA）之邀，为行为艺术的"身体艺术"流派教母——玛莉娜·阿布拉莫维奇（Marina Abramovi，1946–）之回顾展：《艺术家在现场》（The Artist is Present）而筹拍的纪录片《凝视玛莉娜》（2012），虽是例行公事，却不能单纯地被视作是一部介绍玛莉娜创作的纪录片，更可被视为研究这位传奇女性一生最重要的史料之一。

没有观众就没有行为艺术

早在展览开始前一年，马修 · 艾可斯即率团队不断地与玛莉娜沟通，从她的家庭、情感关系与创作等方方面面，引领观者进入这位女性创作者内心世界，听她娓娓道来个人生命经验如何融入创作，成为创作的一部分，进而促使我们理解"行为艺术"的表现形式与内涵，绝非表面上所看到的自残、暴力、惊悚、疯狂。

事实上，1973 年～ 1974 年，玛莉娜的"身体艺术"实现的整个过程，都让我感到，"身体艺术"不仅是以艺术家的身体做为媒介去感受去创作，绝大多数时候，更不惜以个人的生死作为赌注。如作品《〈/span〉韵律 10》（1973）的俄罗斯轮盘游戏，以 20 把刀在五指间狠戳刺，并于录像后重复同样实验；《〈/span〉韵律 5》(1974) 中主义与仪式结合，个人成为活生生的献祭品；《〈/span〉韵律 2》(1974) 中，艺术家服用抗肌肉瘫痪药物与抗抑郁药物，探讨女性精神病患身心状态；作品《〈/span〉韵律 0》(1974) 中艺术家精心选出 72 件物品，葡萄、苹果、灌肠器、保险套、匕首、斧头，甚至于上了子弹的手枪等，以麻醉剂让自己限于完全被动状态，邀请观者任意选择物品与艺术家进行接触；在 6 个小时的实验过程中，观众从原来的矜持、迟疑，慢慢出现跃跃欲试的神情，随着时间拉长，观众出现一次比一次更大胆更暴力的行径，甚至于举枪压住艺术家的太阳穴……

这种对人类心理的幽微变化与大脑活动反应测录的科学实验，不仅引发心理学与社会学者的关注，也是对人性的实验，对道德的思辨（如作品《〈/span〉韵律 0》中，在道德允许的情况下，人性将如何反应？）更是突破人类想象力的极限，挑战从未有过的感官经历。而在这个身体艺术剧场里，观众不再是隔着安全距离的警戒线眺望《蒙娜丽莎的微笑》就得以满足的观者，他们也必须身体力行地参与，才能获得真正的“体验”；同样的，艺术家也必须藉由观众的介入，才得以完成他的艺术创作。

真实才能感动人

1976 年～ 1988 年，玛莉娜认识了德国行动艺术家 Ulay 后，两人一见钟情，共同展开长达 12 年的流浪生活，这段时期的作品，多围绕着“关系与空间”主题，期间的作品，虽然大胆锐利不复以往，却也弥足珍贵；在《艺术家在现场》表演现场中，22 年后再次现身的 Ulay，是这场演出参与的第一位观众，再一次，玛莉娜忘却了艺术家的角色，转而成为现实中平凡如你我的世间女子，望着这位昔日最亲密的朋友与敌人，她潸然流下泪水，至此，我终于看到了一位有血有肉的艺术家，这也是这场表演最动人的时刻。如皮耶罗 · 曼佐尼（Piero Manzoni，1933–1963）所言：“我不在乎我的艺术美或丑，但它必须是真实。”

还有什么艺术，比真实更令人感动?

灵欲告白、再见了，拉札老师、漂流古巴的空间

近来好片连连，无论是《漂流古巴》（Una Noche,2012），以第三世界为背景，描写卡斯特罗晚年开放观光业以后的社会畸形现况；抑或加入欧盟后的罗马尼亚现代社会寓言《灵欲告白》（Beyond the Hills,2012），直探教会与极权政治的本质；还是探讨移民、死亡与教育问题的加拿大电影《再见了，拉札老师》（Monsieur Lazhar,2011）；皆是近年来难得一见的电影佳作。台海两岸电影这些年多追求美感形式，却欠缺对人性的入微观察与现代社会现况的深刻探讨，对空间及时间的阐述与自觉，也多流于表象，透过多多观摩优秀的外国影片，或可提供日后有志从事电影工作者好的借镜，多多少少弥补了本土电影养分的不足。本文谨就这三部影片中“空间”的表现与意涵上为文阐述。

自由与禁闭的空间

露西·穆洛伊（Lucy Mulloy）首度执导长片《漂流古巴》，影像叙事能力却毫不显稚嫩，无论在剧本、演员指导、运镜、剪接，还是场景调度，都可圈可点。她将古巴当前社会描绘成一个随时会爆发的压力锅，生

《漂流古巴》(Una Noche, 2012)

活在古巴的青年，在这个充满着剥削、走私、性交易及贫困的社会里，生存，成为一场永无休止的冒险。

电影以年轻男孩争相跃进海洋，竞相较劲“谁的落水姿势最优美”拉开序幕，却以害怕海洋、不会游泳的里拉，暗喻古巴人渴求自由，却畏惧未知的岛民心理；而这段距迈阿密仅 90 英里的“海洋”，成了所有渴求自由的古巴人内心的憧憬与梦靥。

我们看到，片中三位古巴青年中的劳尔与艾里欧，在象征资本主义社会缩影的五星级观光大饭店的厨房内认识，自此开启了他们对自由富裕国度生活的想象——开着敞蓬跑车，车上坐着金发脱衣舞娘；冒险人生的开端——为了圆梦，两人离开原本象征“茧”的“家庭”，不断地从一个空间辗转到另一个空间，在每一个空间里，都迫使自己（观者），重新认识不同于温德斯《乐士浮生录》（Buena Vista Social Club，2000）的古巴当今社会面貌。

世俗与宗教的空间

克里斯汀 · 穆基（Cristian Mungiu）执导的第三部长片《灵欲告白》，再次在坎城影展创下奇迹，除为自己夺下 2012 坎城影展最佳剧本奖外，更一举将首次演出电影的两位女星——柯斯米娜史崔坦和克莉提

《灵欲告白》(Beyond the Hills,2012)

娜芙露图尔，双双推上坎城影后宝座。而熟知克里斯汀·穆基作品的影迷，更对他前两部作品：《幸福在西方》(Occident, 2002)、《4月3周又2天》(4 Months, 3 Weeks and 2 Days, 2007)，令观者惊艳的才华而留下难以磨灭的印象。

在这部改编自罗马尼亚女作家塔吉亚娜·尼库莱斯库·布兰纪实小说《致命的告白》的《灵欲告白》中，克里斯汀·穆基将戏剧空间清楚地切割为世俗的“小镇”，以及宗教的“位于山丘上的修道院”。他们遥相对望，互不侵犯，各自在各自的领土上执行一套自定义的律法，奉行不同的生活守则，直到某日，一位特立独行的女子的到来，挑战并质疑这两个世界的游戏规则，并执意建立以个人为主体的思考与生活形态……

女人为了寻求自由而离开罗马尼亚，孤儿院长在她离去后，擅自将她的房间挪给另一位同意这个体系的新进者使用，无异于将她赖以安身立命的空间，连根拔除；医院则视她的反抗为一种精神疾病的征兆，先是以注射麻醉药来麻痹她的身躯，继而以布条将她绑在床上，限制她的行动空间；就连一向被视为慈悲与宽容化身的宗教，也将她的挑衅与人身攻击，视为是撒旦对于上帝的攻讦，指责她恶魔附身，将她以狗链五花大绑在十字架上，施以驱魔仪式，剥夺她仅存的思想空间；这些“以‘爱’

之名”而施行的作法，却导致这位全剧中唯一胆敢挑战权威，具有独立自主思想女性的空间权不断地被剥夺。

人总深信自己所作所为、一切都有正当理由，然而世界上却有许多错误，竟都以“爱”与“信仰”之名，将好的、不好的思想都灌注给身边最亲密的人；而世上不同主义的信徒，大多数放太多的心思在所谓的形式，却很少将这个信仰的精神与智慧，实践到日常生活的待人处事上，故而悲剧不断发生。

密闭与开放的空间

菲立普·法拉多（Philippe Falardeau）执导的第四部长片《再见了，拉札老师》，改编自伊夫林·娜琳尔（Evelyn Cheneliere）剧本《巴席尔拉札》(Bashir Lazhar)，从阿尔及利亚难民巴席尔拉札的角度，描绘西方与非洲两个世界的生活，原著蕴含着极为幽默和讽刺的笔触，讲述一个关于自我发现与自我认知的故事，菲立普·法拉多以简约的镜头语言，把这个深刻动人的剧本原汁原味地搬上了银幕。

《再见了，拉札老师》看似有着《我和我的小鬼们》（The Class，2008）的架构——以一间“教室”为戏剧空间——在此进行所谓的种族、文化、阶级、历史、性别、生死、移民、教育等种种议题的讨论，实际上探讨的却是每个人的“心灵空间”。

个人因出身、家庭、文化背景等先天因素，这些非人为因素所能控制，而形成各自对人事物存有不同的见解与诠释，然而，教育的目的却是透过教室这个空间，将存在先天差异的一群人共聚一堂，互相扶持，并在不断沟通的过程中存异求同，学习包容与谅解，让各自都可以由原本封闭的蛹状态中破茧而出，长成美丽的蝴蝶。

《再见了，拉札老师》、《灵欲告白》与《漂流古巴》将物质空间转为戏剧空间乃至抽象的心灵空间，见证了西方电影长久以来深厚的哲学思想传承以及美学素养，如何挹注、转化成戏剧的养分，使得电影不再仅是娱乐，而成为艺术。

《再见了，拉札老师》(Monsieur Lazhar, 2011)

当爱走到尽头

经由学生提醒，方知昨日是情人节，回想一生至今，并未真正庆祝过这个日子，总是经由旁人提点。还记得，10年前的情人节那天，母亲神秘兮兮地告诉我："今天发生大事了！"嘴角微微上扬，掩不住的喜不自胜。

情人的花束

"怎的？"

我越是响应得漫不经心，母亲反倒越急，终于忍不住。

"你老爸今天送我玫瑰花，被管理员发现了，亏他：'唉唷，老情人嘞！'你爸脸都红了，闷头不作声地上楼。真没想到，这把年纪还会送我花。"母亲笑得乐不可支，那束花却是母亲与父亲认识以来的第二束花……

婚前，有一次两人吵架到闹分手，父亲一手提着母亲最爱吃的水果与牛肉干礼盒，另一手抓着鲜花，站在女生宿舍外大喊母亲的名字，后来那栋宿舍的女生们被吵得睡不着，就把母亲给押到宿舍门口，这才成就了这段姻缘。现在的母亲，不时会收到父亲的鲜花，却无法像以前一样，将花捧在怀里对子女们炫耀，只能够静静

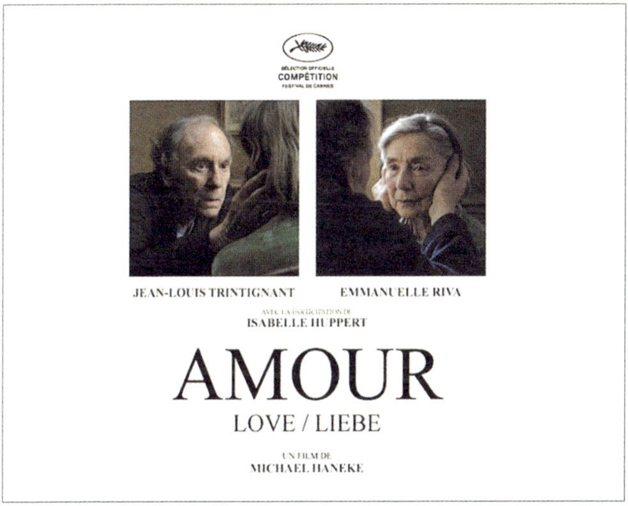

《爱·慕》(Amour, 2012)

地躺在床上，闻着空气中飘浮着的香水百合与丁香混着的味道，却再也无法说上只言片语。但我却这才得以真正感受到父母间，那份就算连子女也无法取代的“爱”：那是陪伴着对方，一起走过人生的高低潮，经历生老病死，直到生命的尽头。

世间的情爱哪怕是千百种，最令我感动的，仍是这牵手相伴一生的真情挚爱。但这爱是如此难得，过程又是如此艰辛，日常生活里的柴米油盐酱醋茶，病痛与烦忧，往往将恋爱时代的琴棋书画诗酒花的风雅给消磨殆尽，当爱情变成了一生一世的责任时，又有多少人能够再坚持？

苦多于甜的情爱滋味

或许是人间情爱之路的真实面目太过艰辛，编剧往往避重就轻，却担心这味道仍是苦涩远多于甜美，一定得撒下大量梦幻包裹的糖衣来包装这苦锭，故而造就出一部又一部如梦似幻的爱情电影如《麻雀变凤凰》(Pretty Woman, 1990)、《暮光之城》(Twilight, 2008)、《第一次》(First Time, 2012) 等等；然而，这些模拟着爱情形貌，却从未触碰到爱情本质的影片，只会让我们离真实人生越来越遥远。

截然不同于国片与好莱坞的虚幻，麦可·汉内克

(Michael Haneke)以温柔却也残酷的面貌，真诚地揭露世间情爱的本质。《爱·慕》(Amour, 2012)呈现一对高龄八十好儿，鹣鲽情深的退休钢琴教授夫妻——乔治与安妮，这对相伴走过人生风风雨雨的老夫妻，却因阿兹海默症的来袭，人生步调骤然大乱！在安妮逐渐被病症俘虏后，坚定不移的真爱，自此面临了前所未有的考验，乔治眼看安妮一路自优雅从容到腐朽凋零，眼见她承受病痛折磨的同时，自己也深受心灵一次又一次的重击，而远嫁英国的女儿，除却担忧，在经济与时间上却也无能为力！孤身一人扛起照顾妻子重担的乔治，能否秉持着婚姻的誓言："无论生老病死，都能至死不渝地执子之手与子偕老"，无怨无悔地面对人生最终篇章？

麦可·汉内克为尚路易·坦帝尼昂（Jean-Louis Trintignant）量身打造剧中角色乔治，并邀来许久未在大银幕现身的《广岛之恋》女主角艾曼纽·丽娃（Emmanuelle Riva）饰演安妮，在《爱·慕》中，两位老演员将这对逐渐被阿兹海默症俘虏的夫妻之心理转折，刻画得细腻动人，层次分明地演绎出生命的优雅，面对死之将至，却仍能尊贵以对的姿态，令我屏息、动容！

水煮鱼 VS 生鱼片

看惯了看多了国片与好莱坞那些大而不当，多而无用场景的观者，在面对《爱 · 慕》这样一部不讲究任何花哨，扎扎实实地在剧本与人物心理、场景调度与剪接上下狠功夫，几乎没有任何一个多余镜头的影片，多半的反应是："平淡！"但事实上，《爱 · 慕》不仅不平淡，还从头到尾趣味盎然，只是，一向吃惯了重口味，胡椒、味精、葱、姜、蒜、醋、米酒、赤酱、辣椒等尽数倒入锅中混做成"水煮鱼"口味的食客，舌头早已失去味觉，就算有大厨端出原汁原味的生鱼片，怕也难尝出滋味。

超级英雄之死

动画电影，一直以来由美国迪斯尼及日本漫画工业均分天下，偶尔穿插几部欧洲作品与美国独立制片的作品，如《茉莉人生》(Persepolis, 2007)、《与巴席尔跳华尔兹》(Waltz with Bashir, 2008)、《小人物狂想曲》(American Splendor, 2003)等，却以其丰沛的艺术能量，细腻的影像风格，饱满的故事内涵而独树一帜。如今，来自詹姆斯·乔伊斯故乡的爱尔兰籍导演伊安·费兹本(Ian Fitzgibbon)以漫画融合街头涂鸦艺术，打造出这部充满艺术能量的动人小品《爱情超能量》(Death of a Superhero, 2011)。

才华洋溢的涂鸦少年，正值青春灿烂，却被医生宣判罹癌，知道自己来日无多，反而竭尽所能地保持正常生活；他渴求生命，死神却如影随形；憧憬真爱，却一再选择逃避；每到夜晚，他便像游魂般，穿梭在空无一人的街头，借着涂鸦，将内心的恐惧、脆弱、矛盾，以及对现实强烈不满的种种情绪，转化为生命的怒吼！在无垠无涯的幻想世界中，他是一名攻无不克的超级英雄，坚毅、强悍，女人争相获得他的恩宠，他却拒绝让任何人走入内心世界，直到一位自称为死亡专家的心理医生及刚转学到班上的叛逆怪咖女的出现，这惶惶不可终日

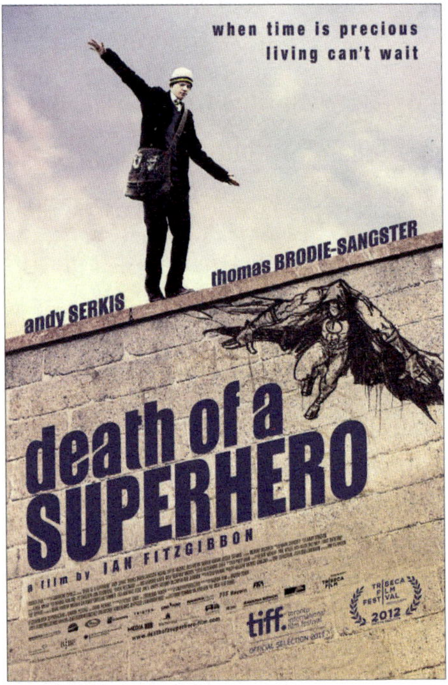

《爱情超能量》(Death of a Superhero, 2011)

的人生才开始出现转机……

多亏了 Trixter Film 特效制作公司视觉艺术总监亚历山德罗·奇欧非（Alessandro Cioffi）深具特色的动漫风格统筹，以充满艺术感的笔触，传达出天才漫画少年狂野不羁的人生；迅雷不及掩耳的创作节奏，如雷电般，在空中一闪即逝，却留下永不抹灭的惊人作品。而现实与动画交互穿插的风格，一方面对照出少年槁木死灰的人生与澎湃热情的内心，另一方面，将创作者顽抗死亡的生命轨迹，转化为充满生之欲念、血脉贲张的反击！

配乐在此片中具有画龙点睛之效。时而重金属庞克乐,时而清澈空灵的琴音,前者表现出生命的呐喊与怒火，后者表达彷徨的细微情感；而来自澳洲的乐团“安格斯和茱莉亚”的这首《为你》(For You),嘶哑轻柔的女声，忧伤而美丽，将无邪纯真的青涩初恋表露无遗；是近年来难得一见的动漫电影佳作。

反英雄主义的《NO》

长久以来受殖民主义与资本主义的剥削，军事独裁政体的压迫的中南美洲，民族的活力却奔流不息，不仅体现于热情洋溢的日常生活，多彩绚丽的艺术风格，也造就了近一个世纪以来的政治社会动荡。

皮诺切独裁三部曲

1976 年出生于圣地亚哥的导演——帕布罗 · 拉瑞恩（Pablo Larrain），敏锐地融合社会事件、历史记忆以及拉丁美洲民族既压抑又狂野的情感色彩，描绘成这部绝不流于通俗与好莱坞英雄主义的革命电影《NO》(2012)。

自帕布罗·拉瑞恩 2005 年担任导演以来，至今完成 4 部作品。部部个人色彩鲜明，叙事风格绝不媚俗，角度大胆无人能出其右。自第一部剧情长片《Fuga》(2005) 后，选材回首智利独裁历史，两年后自编自导完成的《周末魇狂热》(Tony Manero, 2007)，第三部作品《命运解剖师》(Santiago 73, Post Mortem, 2010)，以及最后这部《NO》(2012)，堪称为皮诺切 (Augusto Pinochet, 1973.9.11 军事政变～1988 公投) 独裁政权三部曲。

JAK REKLAMNÍ KAMPAŇ SVRHLA DIKTATURU
GAEL GARCÍA BERNAL
NO
ve filmu
PABLA LARRAÍNA
TORONTO
LONDON
TELLURIDE
NEW YORK
LOCARNO
SAN SEBASTIAN
ARTCAM

《NO》(2012)

在《NO》中，为了重现那个时代的氛围，帕布罗·拉瑞恩放弃数字录像，特意找回1988年拍摄竞选短片的这些演员、歌手与舞者来重拍广告，同时出动四部20世纪80年代的摄影机，以求忠实呈现那个年代的时空氛围与美学风格。

华而不实的英雄主义

而出饰片中灵魂人物——荷内的盖尔·加西亚·贝纳尔(Gael Garcia Bernal)，身材矮小，貌不惊人，截然不同于好莱坞电影里的英雄，非得练就一身施瓦辛格的健美体格，或如汤姆·霍伯《悲惨世界》里的冉阿让，得由休杰克曼这般俊美的男星饰演，否则就无法美化成大众可以接纳的悲剧英雄，而雨果《悲惨世界》里的革命，在此不过是充满华丽冒险与男欢女爱的儿戏一场!

在《NO》片中，这位外冷内热的广告公司创意总监，至亲因政治理由而失踪，却也是皮诺切独裁政权下的受益者，喝皮诺切奶水长大的他，犹如那个时代中产阶级的缩影。在1988年的这场具有历史意义的智利公投里，他将长期以来对智利社会脉动与人性心理的掌握，转化成多部洋溢着青春欢乐与幽默喜感的竞选广告，将这场政治肉搏战转化为大脑革命。

若把《NO》当做是一部追求正义，实践社会革命的教战手册，那简直是太小看了它！帕布罗·拉瑞恩真正在乎的不是这场没有硝烟的革命，更不是那些推动革命成功的幕后英雄如何如何地伟大！这个世界从不会因英雄而真正改变，而是从独裁过渡到民主社会里的“个人”。

个人改变缔造新时代

当革命成功以后，凡夫俗子多乐于成为镁光灯的焦点，反而真正功臣的他，宁可功成身退，毫不留恋镁光灯下的荣耀，选择回归平淡无奇的日常生活。这位广告人的画像，促使世人思考：打赢这场选战的，是贩卖梦想、青春、自由与幸福的广告，还是不堪回首的历史记忆？何谓民主社会里的公民责任与生活态度？真正推动社会改革的，是镁光灯前聚焦的这些大人物，还是平日隐姓埋名，修练了一身本事，却大隐隐于市的真正高手？

Choose Sides 的《烈火挚爱》

加拿大女导演昂娜伊丝·芭波·拉法雷特（Anaïs Barbeau-Lavalette）曾以蒙特娄贫民窟为背景，拍出《青春逆转胜》（The Fight,2007）描写生长于暴力、犯罪的底层社会与破碎家庭里的孩童，如何靠着一己的意志与决心，力争上游，完成他摔跤选手的梦想。睽违多年后，她再次寻获激起心灵火花的题材——以巴围墙。她以此墙为《烈火挚爱》（Inch'Allah,2011）故事背景，描写墙内生活的以色列检查站站岗的士兵，以及墙外被迫离乡背井，在难民营区拾荒度日的巴勒斯坦居民。为了呈现纪录片般的真实，她在约旦搭建出维妙维肖的场景，并找来巴境难民营里的居民演出自己。

以巴围墙的历史

“墙”在此片中不仅是以巴两国居民的地理边界，更象征两国纠葛交缠的历史心结及新仇旧恨。传说中，犹太人心中的智慧之王——所罗门王，为了排解两母共争一子的争端，判决“一剖为二”，直到今日，犹太人每逢遭遇以巴冲突难题时，便想起所罗门王的千古名判，而建围墙以彻底分割以巴生活圈，以求一劳永逸的念头始终萦绕不去。

《烈火挚爱》(Inch'Allah,2011)

这种片面分割构想其实不新鲜，早在1923年犹太复国修正主义创始人雅伯廷斯基在《铁墙》一书中就主张，犹太人和巴人之间没有和平可言，唯一解决之道是以方维持强大武力，并将犹巴两民族完全分隔。鉴于巴人自杀攻击频仍，1994年，拉宾下令由军警和治安机关与财经界代表各成立一个委员会，研究分割计划的可行性，并于1995年先后沿“绿线区”（以色列与占领区分界线）和耶路撒冷南端吉罗犹太区外建水泥墙。自此之后，以国学界纷纷就片面分割构想提出具体计划，其中，尤以海法大学的地理学教授索佛以“人口恐慌”作为立论基础，提出“索佛方案”在巴人自治区与以色列之间建立300公里长的围墙，并沿着围墙在巴自治区内成立无人缓冲地带，最受倚重，自此形成以巴围墙的基础。

方案中，索佛将穆斯林仅次于麦加和麦地那的回教圣地——“圣殿山”硬是划入以方，巴人乃至所有阿拉伯人当然誓死反对！此外，夏隆等右翼强硬派，特别是宗教右翼，认定“大以色列”领土涵盖约旦河西岸和巴勒斯坦南部，自然坚决反对将西岸完全划归巴人。

除了以巴之间领土归属的根本歧见以外，来自国际间的阻力也日益高涨，也使得“索佛方案”迟迟难以落实。美国更公开反对以方提出的片面分割，认为新界线包括1967年占领区以外的土地，一旦安设新围墙，必激起巴人民怨，成为激进组织的攻击标的；此外，1995年时估计的建设经费即高达10亿美元，工期至少一年，之后以国经济逐年恶化，加上以巴冲突升级，以方没有余力，巴人也不会坐视，片面分割的国防策略，终究落得一场镜花水月。

选边站

来自加拿大的女医师克萝伊，横越半个地球抵达战火绵延不断的以巴边境服务，她在巴基斯坦的拉姆安拉为红十字会工作，白天在巴勒斯坦难民营照顾病人，下班后，晚上便回到以色列区居住，并因此与一名以色列女兵的邻居结成好友。

一直谨守中立的克萝伊，每天穿越剑拔弩张的边界检查站，来往穿梭于截然不同的两个世界，在漫长战火的威胁下，与一名年轻的孕妇兰德结成好友，也因此得以深入了解这块被占领的巴勒斯坦难民区里居民生活的真实境况，对于自愿成为人肉炸弹的“圣战士”，她开始有了不同于局外人的同情与谅解……

《烈火挚爱》巧妙地藉由第三方——克萝伊个人的遭遇，描绘出原本持中立立场的第三方，在深入了解以巴围墙占领区内外有别的生活状况以后，发生微妙的心理转折。政治立场与对于第三世界被压迫族群的同情，不言而喻。

American Familly

嗜血成性的朴赞郁，每次拍片总是血流成河，代表作“复仇三部曲”——《复仇》(Sympathy for Mr. Vengeance, 2002)、《原罪犯》(Old Boy, 2003)和《亲切的金子》(Sympathy for Lady Vengeance, 2005)，更因《原罪犯》获得坎城“评审团大奖”而名列暴力美学经典之林；尔后，改编自佐拉自然主义的首部长篇小说《黛莱丝·拉甘》(Thérèse Raquin, 1867)的《蝙蝠：血色情欲》(Thirst, 2009)，再获得坎城评审团奖，奠定国际地位。

以南韩政治为核心的“复仇三部曲”

转战好莱坞的第一部美国电影《欲谋》（Stoker, 2013），少了哲学系出身的这位影评导演一直以来、致力于将外在的暴力形式与内在的社会批判进行有机结合的企图——“复仇三部曲”里的社会批判思想，经由作品里畅快淋漓的动物性复仇快感，揭露了那个时代南韩政府长久以来独裁统治与暴力镇压异己的那段血腥历史，反而得见自由！他回归大学哲学系时期对电影理论和电影评论的爱好，摆脱长久以来喋喋不休、无法遏止的暴力癖好，转而诞生出这部风格怪诞、美感冷冽、化

《欲谋》(Stoker, 2013)

一切暴力于无形的心理惊悚片。

吸收了广告、流行文化、现代摄影、爱尔兰文学、美国绘画及希区柯克电影等养分而生的《欲谋》，因其复杂的美感经验，使得观影过程既古怪又有趣。

迷人魅惑的 American Familly 画像

从英文片名《Stoker》，便不难预见这部心理惊悚片的灵感汲取自布拉姆·斯托克（Bram Stoker）于 1897 年出版的哥德式恐怖小说《吸血鬼德古拉》（Dracula）；而片中那位风度翩翩的叔叔查理与外甥女印蒂亚间发展的爱慕之情，则借鉴了希区柯克《辣手摧花》（Shadow of a Doubt，1943）的故事架构。

而大量具有高度真实风格的布景，富于象征意义却产生“悬念”效果的“静态影像”，描绘出呆板而了无生气的美国中产阶级生活，无论公共场所还是私人空间，都异常冷漠疏离的氛围，其画面美感足以与爱德华·霍普（Edward Hopper）的都会系列画作、威廉·艾格斯顿（William Eggleston）的《夜晚咖啡馆》，以及葛瑞格利·库德森（Gregory Crewdson）的《玫瑰之下》（Beneath the Roses）相提并论。

由妮可·基德曼（Nicole Kidman）、蜜雅·娃丝柯思卡（Mia Wasikowska）及马修·古迪（Matthew

Goode）共组的 Trio，以芭蕾舞般轻巧的人物走位，仅透过眼神，就将纤细而富于层次的人物情感，以及三人间紧张却相互吸引的暧昧关系演绎得十足到味；搭配曾创作《黑天鹅》的电影音乐家克林曼塞以钢琴、弦乐、打击乐器与人声营造不同的情绪，将印蒂亚这位 18 岁少女迈入成人世界的感受，幻化成一首首既美丽哀伤又让人害怕的人生之歌。

OZU
donald richie
lettre du blanc
小津安二郎
蓮實重彦
我是賣豆腐的，
所以我只做豆腐。
小津安二郎人生散文
110

小津安二郎

拍电影就像做豆腐的小津安二郎

不卖弄电影文法，甚至于故意在拍摄悲伤镜头时不使用特写，不需要强调什么时，反而使用特写的小津安二郎，自小反叛成性，个性乖僻别扭，不太给学院派面子的他，自认为拍电影就像做豆腐，没啥神奇之处可炫耀卖弄。

但在他有生之年拍出的54部影片（包涵一部纪录片）中，自《我出生了，但……》（大人の见る绘本生れてはみたけれど，1932）获得《电影旬报》（キネマ旬报）十大佳片第一名以来，作品被视为票房毒药，拍片也成为辛苦的工作，因为得花费更多的心思，才能拍出令自己满意的作品，有时为了拍出自我要求的水平，得一直重来，一整天下来，往往只拍完一场戏，正也因为如此，原本一年可以轻轻松松拍摄7部戏的他，产量越来越少，这就是艺术导演的宿命吧？！

但不卖弄任何技巧的小津，却是世上少数几位电影导演，以简洁的风格，便达到洗练完美的电影境界，尤其是他的电影，不管看了多少遍，那份感动，完全不会因时间而褪色或改变。我想，这就是小津不同于其他导演的魅力吧。

给文盲时代最浪漫的一封情书

看了一档要命的婚纱“摄影展”？！我急切地需要用更多的养分来洗涤心中的郁积，好在郭弘坤的“地平线上”个展与随后观赏的欧容的“登堂入室”，皆十分美妙！让置身于这个丑恶城市的我，得以稍稍自艺术养分里获得些许活下去的滋养。

改编自西班牙当代剧作家胡安·马约尔加(Juan Mayorga, 1965–)《坐最后一排的男孩》(El Chico de La Última Fila)的《登堂入室》(Dans La Maison, 2012)，描述一名在法国古斯塔夫·福楼拜(Gustave Flaubert)高中教授古典文学的老师杰曼，每学期遇到的都是一群脑袋空空如也,满脑子装的只有手机与披萨，对文学既缺乏热情，对人生也没有想望的“未来一代”；某日，他于周记习作里发现一位才华洋溢的16岁少年克劳德，潜入同班同学家庭，写成一个充满中产阶级拘谨生活魅力,游走于道德与禁忌、幻想与真实之间的连载故事，不但重燃杰曼许久未有的创作激情，也为他原本平静无波的人生掀起从未有过的波涛……

自《挑逗性谋杀》(Les Amants Criminels, 1998)、《干柴烈火》(Gouttes D'eau Sur Pierres Brûlantes, 1999)与《砂之谜》(Sous le Sable, 2000)以后，佛

《登堂入室》(Dans La Maison，2012)

杭苏瓦·欧容（François Ozon）拍摄了一堆布景豪华，但欠缺人性深度的 Melodrame，而一直以来深受希区柯克影响的欧容，却在这部《登堂入室》里重做冯妇，找回自己最擅长的惊悚悬疑片类型，并融入个人对于中产阶级独特的视点——人生已走到尽头，却还是得勉力为之；对于当代艺术与文学充满挑衅的尖锐幽默感——独裁与性欲，当代艺术处处可见的“国王的新衣”，对于女性角色的同情——从未实现自我与活出人生滋味的家庭主妇 Esther，热爱当代艺术却始终无法取得市场认同的艺廊经营者 Jeanne。

藉由两对深陷中年危机的中产阶级夫妇与写作少年克劳德间纠葛不清的关系，欧容邀请身为旁观者的我们“登堂入室”，成为创作的一部分，共同思索现实／虚构，导演／观众，电影／电影院之间的辩证关系，可谓是欧容给文盲时代最浪漫的一封情书。

《东京物语》/《东京家族》——永不褪色的家族肖像

《东京物语》(とうきょうものがたり, 1953) 不仅是日本导演小津安二郎毕生代表作，也被世界电影评论家一致公认为电影史上最伟大的作品之一。半个世纪后，由同样擅长描绘日本庶民社会与日本人心事的导演山田洋次重拍小津经典，既让影迷期待，也是对于山田洋次近 60 年电影生涯的一次最艰巨的挑战。

好在，山田洋次并未拘泥于火车、居酒屋、缓慢而匀称的节奏，以空镜转换场景等小津式电影美学。将原作中这对老夫妻的视点，转换成子女的视点，并将时空背景由战后的东京与广岛尾道市，改成 2012 年发生 311 东日本大地震后的东京以及濑户内海的某个小岛，使得改编而成的《东京家族》(とうきょうかぞく, 2013)，较原作多了一分现代感与亲切感。

透过山田洋次巨细靡遗的敏锐观察力，平易近人却触动人心的叙事手法，我们不仅发觉日本传统社会家族感情的羁绊与现代工商业社会里人际关系日益疏离的强烈对比，不同世代间父母与子女、丈夫与妻子的相处模式，更对于当代日本社会里，“礼仪”沦为形式而失去实质意义，人口老化，资本主义社会高度发展下的无感

《东京物语》(とうきょうものがたり，1953)
《东京家族》(とうきょうかぞく，2013)

无情的人间面貌，多有所感。当平山先生不断喃喃自语："这样的日本社会该怎么走下去？"质问的不仅是日本社会，也是这个时代，所有饱经资本主义以及所谓的科技文明洗礼，却逐渐丧失人性温暖与真诚的我们。

当镜头从一开始令观者窒息的医生大儿子家中到处摆放着家具，乃至于连人活动的空间也显局促，招待久未谋面的父母仅以"寿喜烧"（すきやき），连"生鱼片"也嫌多！就足见东京人的生活，就算如医生的中产阶级也得量入为出，更别提那镇日忙于美容院工作，锱铢必较的二女儿！反倒是父母眼中最不爱念书，被从事教育工作的父亲认定最不争气，仰赖打零工维生的三儿子，因知足反常乐；而片末的濑户内海小渔村的恬静美景与温暖互助的人间关系，成为这出貌似美满幸福，实则令人窒息的东京家庭通俗剧里唯一的出口。

怎么丹麦人拍出来的电影就是与众不同？！

从骨子里就蔑视独裁专制与一切尝试控制人类思想与行为政体的丹麦电影创作者——拉斯·冯·提尔（Lars Von Trier）和托马斯·凡提博格（Thomas Vinterberg），于1995年发起《逗马宣言》(Dogme)以来，全世界据此宣言而拍出的电影已百部有余，虽然两位主其事的导演日后并未完全遵循此宣言的规则，但是，《逗马宣言》的精神却深深地烙印于那个时代有志从事电影工作者的心头，并成为当代电影追求自由独立、纯洁真实的象征。

我难以想象世上怎的就有这样一位导演，既有拉斯·冯·提尔骨子里的癫狂，又有托马斯·凡提博格的冷静机智？他叫疯子布鲁格，不，应称之为麦兹·布鲁格(Mads Brügger)，这位丹麦纪录片导演，对于追求真相的执着，已经到了近乎疯狂的地步。

为了揭露血钻石买卖的真正黑幕，他买通掮客，在兜裆里藏着一千万美金以及隐藏式摄影机，来到中非当外交官，搭上当地权贵，买通钻石商人，还以装有重金的“幸福信封”贿赂总统之子……最后竟然没有死在沟渠中，还剪接完成了这部妙趣横生的黑金内幕大揭露的《大使先生出任务》（The Ambassador，2011）。

《大使先生出任务》(The Ambassador, 2011)

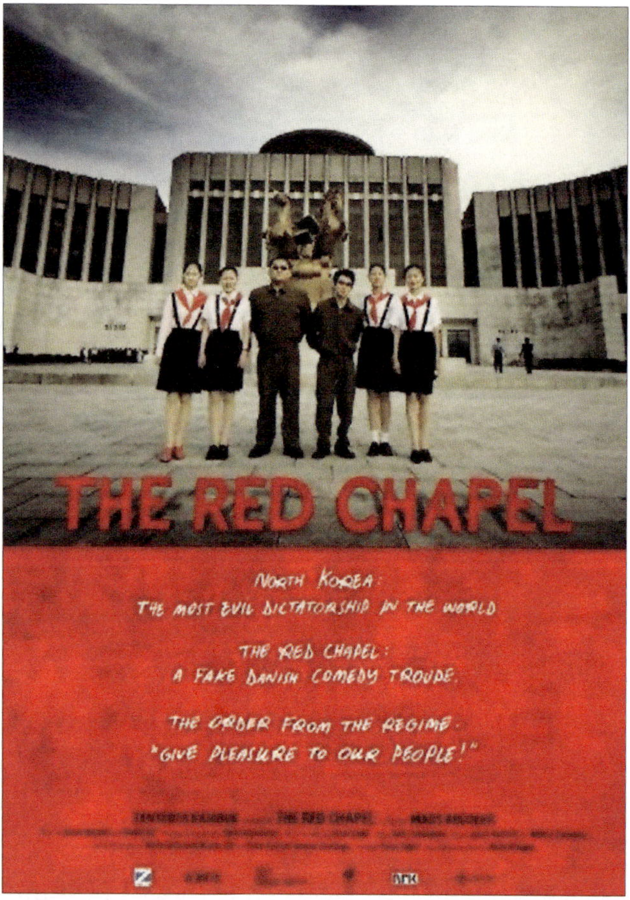

《红教堂》(The Red Chapel, 2009)

而于《红教堂》（The Red Chapel，2009），导演领着两位韩裔丹麦籍演员，组成三人喜剧剧团“红教堂”，却因此而了解到，世上有这样一个地方，如欧威尔的《1984》，人民没有自己的信仰，自己的灵魂，甚至于，自己的语言、知觉与意志而生的行为。

榴莲糖的味道《穷人。榴莲。麻药。偷渡客》

今儿个一走进福相试片室，迎鼻扑来的味道让我有如置身于泰国。前景娱乐的公关在原本摆放电影酷卡的桌面上，摆满了三角形的“Samosa”（咖哩马铃薯饺）及一盘盘黄澄澄的糖果，她告诉我这是来自缅甸的榴莲糖，我塞进嘴里一颗后步入试片间，其后，观影的过程一直是苦，我庆幸自己口中含着这块久久不化的榴莲糖，否则，这人世间浓烈的苦味，何以升华为甘味？

一如出生于马来西亚的蔡明亮，为台湾电影注入来自南洋的生鲜活力，出生于缅甸的赵德胤，跨文化的多元，关注的面相，使得他的电影语法与主题选择截然不同于任何台湾导演。随遇而安的移民人生，缅甸军事统治下穷途末路，进而挺而走险的底层社会人民悲苦，透过穷人、榴莲、麻药、偷渡客这几段故事，揭露出一个地地道道、杜斯妥也夫斯基笔下《穷人》的悲惨世界。

没有美化，没有煽情，没有道德，更没有正义，宛若蝼蚁般庸庸碌碌、毫无尊严的人生，弱肉强食的丛林法则，缅甸→泰国→台湾地区→美国食物链般的国际关系，让所有进入全球化自由贸易体系中的国家与个人，无一得以幸免！赵德胤举重若轻，将这个庞杂的人间主题，以不卑不亢不温不火的姿态表现出来，是今年为止，台湾电影中唯一可看，也最值得期待的未来。

《穷人。榴莲。麻药。偷渡客》(Poor Folk,2012)

从地下浮现地上再转入地下的《浮城谜事》

欣赏娄烨《浮诚谜事》(Mystery, 2012) 的观影经验十分有趣! 既像是看着《颐和园》(Summer Palace, 2006) 的续集，也像是眼见大陆第六代导演由实验精神浓郁的独立影人，纷纷迈进主流，却对独立精神与地下电影恋恋不去而拍出的这样一部：虽说是满足主流市场以偷窥与散播他人帐帷内男女交欢的私生活引以为傲的社会风气，却在这油腻腻、黏答答，雨水直直落、阴霾天色久不见阳光的大陆二线城市武汉里，注入些许对于社会现况的悲悯。于焉，这部以男女情事为主题的《浮诚谜事》，得以不落俗套，成为透视多角关系构筑而成的城市奇谭。

第五代导演在少年时代被卷入文革 10 年的浩劫磨难，在这股社会动荡的漩涡里，有的下乡，有的当兵；到了改革开放的年代，他们接受短暂的专业训练，带着创作的激情步入影坛，先天的不足反成为这些导演的特点，没有太多学院包袱的他们，力图在每一部影片中，实验不同的美学风格与寻找新视点，渴求通过电影来探索中国的历史文化以及民族心理的深层结构，藉此找到自己的定位，故在选材、叙事、人物刻画、镜头运用、画面处理等方面，都力求标新立异。这代导演作品的主

《浮诚谜事》(Mystery, 2012)

观意识，影像的象征性及寓意都特别强烈！尽管人数并不多，但作为一个群体力量出现时，却给中国与世界影坛造成剧烈的冲击！

截然不同于第五代导演。身为第六代导演代表人物之一的娄烨，1965 年出生于上海，1989 年毕业于北京电影学院导演系，毕业后在北京、上海、广州等地担任制片、编剧、导演、剪接，从事广告片、纪录短片制作，1993 年完成第一部长片《周末情人》便获得国际影展肯定，90 年代中后期以后，与贾樟柯、路学长、王小帅、管虎、胡雪扬、王瑞、张元等人，成为影坛注目的创作群体。这批导演的理论背景多元复杂，于 20 世纪 80 年代中期至 90 年代中期，接收国外各种理论思潮的冲击：存在主义、符号学理论、女权主义、结构主义、后现代主义、精神分析理论……各种理论对这一代电影人的美学素养与国际视野，都产生了关键性的影响。

学院派出身的娄烨自不例外，因接触了日本电影的社会派巨匠——今井正、羽仁进、山本萨夫、熊井启等人的作品而形塑出他浓厚的人道主义关怀，自《苏州河》（Suzhou，2000）到甫杀青的这部《推拿》（2013），娄烨镜头关注的焦点始终是离不开当代的中国社会，尤其是剧烈变迁的城市里生活的不同阶级个体，而他那带有强烈的社会意识、政治自觉与反叛精神的影像作品，使得他敢于触及敏感事件及题材。

而巴赞的“长镜头理论”伴随着法国新浪潮电影自由活泼的影像风格：自然光影的运用、现场声音的收录以加强现实感；手持摄影机尾随主角的纪实性拍摄手法；破除成规的叙事手法：打乱故事的逻辑叙述架构、切割剧情的连贯性——以没有条理的多线叙事，抽丝剥茧出这起意外事故背后的谜情；使音效和构图彼此成为相互对立的戏剧性元素——如《浮诚谜事》中以平静如小溪流水潺潺的钢琴乐声凸显出女主角平静无波的世界正一点一点地溃堤等；以及胡塞尔提出的反“相对主义”与“非理性主义”的“现象学”等理论，不仅成为他创作的养分，也形塑出他创作的特色。

《暖冬》(Cold Winter, 2011)

《暖冬》的狗·艺术家·体制

“《暖冬》(Cold Winter, 2011) 首先是一部拍给内地人看的电影。”导演郑阔如是说。

电影开始出现这张“我们很冷”的画面，道出了和谐社会里的“暖冬”，只能如这墙上的涂鸦；因为艺术家们一手打造的温暖家园已被勒令拆除！并限期他们8天内迁出！而接获这个消息的同时，此区立刻被断水断电停止供暖。

原是一盘散沙的艺术家为了自身权益而走上街头。这个表面看来只是艺术家反抗都更的社会新闻事件，透过郑阔的镜头，揭露的不仅是艺术家发起的社会运动，更是艺术工作者从维钱维权到争权争钱的惊人内幕！暴露出当代政经及社会发展相互颉颃的吊诡，以及民主人权与英雄崇拜之间矛盾冲突的反复辩证。

看着这喋喋不休、纷争不断的人间，还真想化身为剧中那只狗儿而发出“汪汪”的自嘲。

一堂戏剧课

开始注意到杜琪峰的影像作品是在巴黎。蓬皮杜中心旁品味最刁钻的艺术实验电影院 MK2–Beaubourg，上映一部我从未在法国听闻过的香港电影导演“Johnny To”的作品《大事件》(Breaking News, 2004)。

自老一辈的李翰祥、胡金铨，中生代的许鞍华、徐克与陈果以后，我很少关注香港电影的发展，尤其是 1997 回归以后的香港，电影工业日益沉寂，虽偶见佳作，却难有盛世时代的气象！我虽早期看过他的《再见阿郎》(1999)与《孤男寡女》(2000)，却未留下太过深刻的印象，反觉影像风格有着太多似曾相识；然而，那一次在 MK2–Beaubourg 的观影经验，却似一记闷拳重击在我胸口！不仅彻底颠覆了我对杜琪峰的观感，还使我自此以后开始关注这位导演的作品。

《大事件》里呈现的多重视点让我想起黑泽明的《野良犬》(1949) 里天道与人道的交战，而捕获 2012 金马奖最佳导演、最佳男主角与最佳原著剧本三项大奖的《夺命金》(Life Without Principle, 2011)，除沿袭杜琪峰一直以来的明快风格以外，多重叙事与交差剪接而成这部极其现代感的人间戏剧，谁说小成本制作的商业片不能深刻地反映出真实人生呢？

《大事件》(Breaking News,2004)

《毒战》(Du Zhan, 2012)

《夺命金》(Life Without Principle, 2011)

一向维持每年拍摄一部具有个人风格电影的快手杜琪峰，2012交出这部他个人转战内地的第一部作品《毒战》（Du Zhan，2012），在重重法规的限制下，欣喜于他并未丧失个人特色，反而将影像的实验推向极致，不但令众多参与演出的主配角个个特色鲜明，节奏的舒缓间调度有序，还每每以令观者印象深刻的文场画面为段落增添余韵，如《毒战》中临终前还要拼命穿上靴子的女毒枭；而多头进行的叙事在中间汇流以后再次分离，较一开始令观者不知其所以，到最后才万流归宗的《夺命金》叙事，更为复杂与挑战观众的注意力！不过，最令我感到趣味盎然的是《毒战》中的场景调度。

不同于《大事件》里透过装在警员头上的无线摄影机，将画面实时传送给媒体及民众，再透过媒体实时SNG实况转播的“框中有框，框外有框”的影像叙事风格，挑战长达10分钟，完全没有剪接加工的长镜头段落（Plan–séquence）；在《毒战》中，他再次尝试创造新的戏剧型式，让张雷与毒枭间不仅斗智，还成为一场接一场令观者目不转睛的接力赛，堪称为是今年最过瘾的戏剧体验。

《柯罗耶夫人的情人》的女性自觉

女人倚坐在窗边，才为自己的瓶花静物添上最后一笔，眼光已飘向前方，她仰望这位背对她的男子，以及他那比自己作品大上好几十倍的画布；男人浑然不觉身后的目光，喜不自胜地望着自己的作品，彷佛自己即将完成一幅传世杰作，女人怯生生地呼唤男人，男子未应声，女人再唤，恳求他看看自己刚完成的画作，男人勉为其难地转身，只手遮盖原本洒落于女人身上的阳光以后却说："阳光是有生命的。你的画没有生命。"这幅画既是该片的楔子，也成为《柯罗耶夫人的情人》(Marie Krøyer,2012）全片戏剧性转折的伏笔！

玛莉·柯罗耶（Marie Krøyer，1867–1940），这位经常出现在丹麦著名印象派画家培德·索伦·柯罗耶(Peder Severin Soren Krøyer，1851–1909)画中的美丽女子，曾怀抱着炽烈的画家梦而留学巴黎，却因与大她16岁的培德·索伦·柯罗耶陷入热恋而成为柯罗耶夫人，婚后，她的画作产量锐减，却因其美丽的倩影经常出现于索伦画作之中而成为众所周知的名女人；她日夜华丽登场，周旋于盛装出席的绅士淑女间，过着衣香鬓影、觥筹交错的上流社会贵妇生活，人人以为她是最幸福、最令人嫉妒的世间女子，孰不知，这和谐幸福、

《柯罗耶夫人的情人》(Marie Krøyer,2012)

与世无争的生活，完全出自培德 · 索伦 · 柯罗耶脑中的幻象，而为了不戳穿这“世人眼中的幸福”，玛莉 · 柯罗耶化身为画中女子，而这个失去灵魂的美丽陶瓷娃娃，却成为 20 世纪初的北欧上流社会“美”的化身。

一向热衷于将文学作品改编搬上银幕的丹麦导演比利·奥古斯特（Bille August,1948 –），年轻时赴瑞典学习摄影，深受瑞典知名导演英格玛·柏格曼（Ingmar Bergman）影响，对于人性心理与黑暗面的挖掘不遗余力，更对人本应追求自我，完成个人与生俱来的天命深信不疑。这次，他选择改编安娜丝塔莎·阿诺（Anastassia Arnold）笔下这位传奇女性——玛莉·柯罗耶的人生故事，正因其个人与其 20 世纪初期的时代背景都处于历史转折点——女权运动已如火如荼,女性却仍不被视为独立个体，她们的需求被漠视，并藉由社会规范，或经由法律堂而皇之地褫夺她们的人权，而深陷婚姻枷锁，饱受不幸婚姻带来的压抑与折磨的玛莉·柯罗耶，却不愿放弃追求真爱，并期许自己寻回自我，成为坚强独立的个体，在奥古斯特眼中,身处母亲、人妻及艺术家等多重身份的玛莉·柯罗耶，因自觉才得以活出真实的自己，可谓体现了所有走在时代尖端女性的困境与人生！《柯罗耶夫人的情人》是一部关于女性自觉的电影，若视为另一部关于画家的八卦人生，那就真是践踏了导演的用心良苦。

向艺术电影致敬的《电影魂》

好久没看到一部“让人看了以后真正想写点什么”的电影了！大部分的影片平淡无奇，连最绚丽的魔术时刻也如夜空中闪闪发光的烟火一样，稍纵即逝，第二天清早醒来，什么痕迹也没留下，这也使得我对那段在巴黎留学的时光格外怀念起来……

每天，总有至少200部诞生于不同年代、来自世界各地的电影，等着影迷来回味，来发掘；更让我感动的是，为了重现老片的华采，20世纪20年代影片以全新修复版问世，甚至请来乐队现场伴奏，只为让影迷重温那个年代的电影院氛围；而艺术实验电影院平日观众多达五成，若遇影展，更是场场座无虚席，不分老、中、青三代，皆以行动来支持他们心目中的好电影。

什么是巴黎人心目中的好电影？莫衷一是！但可以肯定的，无分影片类型，只要是“有内涵”“有话想说”“创意与风格兼具”的影片，便是他们心目中的首选。由此来看伊朗导演阿米尔·纳德瑞(Amir Naderi)于《电影魂》(Cut,2011)中所列举的百部片单，无论形式、内涵与风格，部部皆是影史上留名的绝妙之作；如卓别林的《城市之光》(1931)、麦可·鲍威尔的《偷窥狂》(1960)、约翰·福特的《搜索者》(1956)、新藤兼人的《裸之岛》(1960)、

《电影魂》(Cut, 2011)

德莱叶的《圣女贞德受难记》(1926)、维斯康堤的《大地在震动》(1948)等等。

《电影魂》说出了真正热爱艺术电影者的肺腑之言:为了拍出自己心目中最好的电影，哪怕是倾家荡产，负债累累，甚至以自己的血肉之躯作为筹码，也在所不惜!可叹的是，当这些电影人赌上自己所有的一切，也要捍卫艺术电影时，台湾观众却仍无动于衷!长期盘据于台湾电影票房排行榜的仍旧是好莱坞卖弄3D与计算机特效，内容千篇一律的商业娱乐片;品味单一的台湾电影主流市场不断挤压艺术电影的生存空间，反映出长久以来，台湾影像教育的贫瘠与美学品味的俗不可耐。

看到这位1946年出生的老电影人，苦熬多年，只为拍出这样一部——集黑色幽默、社会写实、电影史百余年经典回顾——让所有影迷都热血沸腾的梦幻《电影魂》，喜爱已不足以表达我对这位导演由衷的敬佩，买票，走入戏院，才是真正以“行动”向这些伟大的电影魂致敬的唯一方式。

持摄影机的女人：凯洛·卢索帕洛

若说历史就是一部男性写给男性的墓志铭，这话可是一点儿也不为过！直到 20 世纪结束以前，这个现象也未有本质性的改变。

就拿 19 世纪上半叶诞生的摄影来说好了，当影像评论者在撰写摄影史的时候，对于女性摄影家的直觉之于影像创作的影响，完全视而不见！反而口径一致，以 1902 年艾弗瑞·斯蒂格里茨提出的“摄影分离派”作为“直接摄影”的源起，威廉·克莱于 1956 年出版的《纽约》摄影集，以及尾随在后的中平卓马、森山大道的“挑衅”（1970）运动为其滥觞：而如此充斥单一性别，歧视与偏见的摄影史观，不但由男性著述，也被女性生徒追捧，影响所及，连电影史观也如出一辙！若非 20 世纪末期的艺术史学界，美术馆领航人物，越来越多是由女性掌舵，她们关注女性议题，致力从过往断简残篇的史料中，重新发掘与记录优秀的女性艺术家，重新建立两性平权的史观，就连学习电影的我，也以为“激进电影”的始作俑者就是高达。

凯洛·卢索帕洛（Carole Roussopoulos），这位对国人而言极其陌生的名字，却是完成了 140 部关注世界女性及政治运动的纪录片导演。身为瑞士银行家女儿，

凯洛·卢索帕洛 (Carole Roussopoulos)

直到 22 岁以前，她都过着锦衣玉食的布尔乔亚生活，笃信圣方济教义，深信离婚与堕胎者会受炼狱之火煎熬；18 岁以前，她从未涉足电影院，也不认识任何电影大师，却为“从事影像创作前，未受众多‘大师’荼毒，而得以走出自己风格”而庆幸不已！直到 1967 那年，因缘际会，她闯进那个充满革命热情与思辨精神的巴黎文化圈以后，女性解放运动才在她的心田里埋下种子，自此以后，她的生命之火再未熄灭。

在那个极权专制与自由人权角力的年代里，文学家从来不只是文学家，导演也得手持摄影机走上街头，女性自主意识的星星火苗却随着 1968 年 5 月学运工运思潮而点燃；这些支持托洛斯基主义与毛泽东思想的女性，发现到头来，自己成了那些站在台上发表高论，振振有词的男性同志煮咖啡、打字的秘书。不太会发表高论的凯洛 · 卢索帕洛，选择以“摄影机”做为她的笔，不但替 1968 年 5 月学运中无法发言的女性同胞们发声，也为那些被当权者剥夺发声管道的政治难民、弱势族群，以及全世界饱受身心摧残的受虐妇女留下见证。

关注凯洛 · 卢索帕洛不仅是关注这位传奇女性的一生，更是透过这位女性来了解 20 世纪下半叶那个风起云涌的年代里的动人时刻：剧作家、小说家让 · 热内（Jean Genet）如何透过摄像机朗读区区百来字便撼动了法国独裁政权的根基？企图枪杀安迪沃荷而入狱的瓦乐莉·索拉纳斯那篇撼动人心的《SCUM 宣言》(1976)，如何成为 20 世纪 70 年代至 80 年代法国女性解放运动的精神粮食？女同志运动的崛起怎会导致女性主义运动的分道扬镳？法国艺术实验电影院“仓库”起死回生的那段沧桑史……

挑战既定的认知：汉纳鄂兰

多亏了德国新电影运动旗手——玛格丽特·冯·特洛塔（Margarethe Von Trotta）执导的《汉纳鄂兰：真理无惧》(Hannah Arendt，2012) 问世，我得以重温书架上这位 20 世纪最重要的德国犹太裔女性思想家的若干著作：《极权主义的起源》《人的境况》《在过去和未来之间》《共和危机》。在这些著作中，汉纳鄂兰不仅剖析 20 世纪三四十年代人类社会的政治灾难：极权主义，更就暴力与权力，邪恶与责任及荣誉，理性、正义与道德选择之间的关联，提出她截然不同于一般的思考。

在这部以她命名的传记影片中，我们看到了汉纳鄂兰置身于家庭、事业、朋友，冷战时期诡谲的政治氛围，以及二战后的社会舆论从仇犹反犹到一面倒地同情犹太人的压力之下，她如何拒绝人云亦云，意识形态挂帅的思考模式，当社会大众多一厢情愿地以为——将杀人凶手绳之以法，正义就得以伸张！她却亲临 1961 年 4 月 11 日于耶路撒冷地方法院举办的这场世纪审判，亲耳听闻与目睹被告艾希曼，如何义正辞严地辩驳这些罪名，陈述他乏善可陈的一生，这也促使她开始思考：资质如此平庸的个人，如何得以犯下这滔天的罪行？

《汉纳鄂兰：真理无惧》(Hannah Arendt, 2012)

她埋首于众多繁琐的史料以及公开给耶路撒冷媒体的法庭纪录副本间，不断交叉比对证词与史料间的出入，在艾希曼铺天盖地、自圆其说的谎言间寻找真相的蛛丝马迹，却发掘出一个远比法庭上的正义更为深层的关于邪恶本质的思考，一段被犹太复国主义者刻意忽略的“犹太组织如何成为纳粹帮凶”的历史。

《汉纳鄂兰：真理无惧》对这段历史的陈述是提纲挈领，意犹未尽！也免不了俗的，在片末那场教室演讲中，以好莱坞的电影手法将汉纳鄂兰形塑成为了捍卫真理而无所畏惧的女英雄；然而，这却形成该片最大的败笔！它不但与汉纳鄂兰一直以来所标榜的自由思考的理念相悖，也形成了另一种思想的专制。

汉纳鄂兰于片中所提出的“一旦人们停止思考，大屠杀就有可能重演”，只是提出一种思考的方向。在阅读过她的这本著作《平凡的邪恶——艾希曼，耶路撒冷大审纪实》以后，身为读者的我，反而得到另一种启发：艾希曼不是没有思考，而是他的思考自始至终围绕着“个人的功成名就，光宗耀祖”。为了过好日子，住豪宅，喝好酒，穿好衣，成为Somebody，他必须有钱有势！而为了有钱有势，他没有什么不可以做！

艾希曼就像现代社会里的佣兵，一个训练有素的奴才！谁是老板不重要，道德良知更不重要！而他辩称的“我只是执行上级交办的命令的一颗小小的螺丝钉”，更反映出他人格里的虚伪与懦弱。当时已具美国公民身份的汉纳鄂兰于本书中另一个尚未提及的史实就是：二次大战以后，美国政府为了夺取纳粹军事科技，对那些纳粹集中营的负责人不但予以特赦，还施行国安级的保护；同样的，对于日本东北731部队以抗日志士及中国东北一般民众来施行活体实验的这批科学家与部队头目，也是既往不咎！什么叫正义？除非还原历史真相，否则，正义永远只能是强权制定的游戏规则下，模棱两可的道德标准。

《泰芮丝的寂爱人生》的暧昧之味

热爱女人的克劳德·米勒（Claude Miller），晚年以泰芮丝的故事，做为挥别人世之作，对女人的深情，从他电影中所披露——几世纪以来，女性的心灵受宗教、家族，以及僵化的社会教条而禁锢——的同情，不言而喻。

《泰芮丝的寂爱人生》（Thérèse Desqueyroux，2012）改编自1952年诺贝尔文学奖得主弗朗索瓦·莫里亚克（François Mauriac，1885–1970）毕生最重要，也同时是他最美丽与最暴烈的同名小说。描写这位20世纪20年代兰德地区特立独行的女子，在家族、名誉、社群生活的重重桎梏中，如何挣脱束缚，拥抱自由璀璨的人生。

全片焦点于饰演泰芮丝的奥黛莉朵杜（Audrey Tautou）。她完全融入这位表面上沉默寡言，行礼如仪，内心却逐步迷失于无边无际的晦暗，灵魂因禁锢于层层迭迭由家族、名誉、社会观感编织而成的牢笼，终究窒息的女子泰芮丝的内心世界。我们从泰芮丝那平静无波的脸上听见她内心的狂怒，从她那不断分裂的镜中影像得知她那“变化多端”“难以捉摸”的人格特质产生的根源及其本质。当我们瞥见泰芮丝用手遮住车窗中投影

《泰芮丝的寂爱人生》(Thérèse Desqueyroux, 2012)

而生的“那个自己”时，我心欲碎。

片中提到纪德，而内心矛盾、分裂，出现多重自我，情感关系暧昧而神秘的泰芮丝，不就是自幼生长于高压的家庭环境以及母亲的禁欲教育的纪德翻版？

从《13个雪莉》谈绘画与电影

观赏《13个雪莉》（Shirley，2013）的经验既复杂、有趣，又富于挑战。

《13个雪莉》开宗明义便引出真实与虚幻为主轴的叙事风格，以及绘画电影互为表里的美学形式。导演古斯塔夫·德池（Gustav Deutsch）特意挑选美国“都会写实主义”，又被当时评论家讥讽为专画城市丑陋事物的“垃圾桶画派”（Ashcan School）画家——爱德华·霍普（Edward Hopper，1882—1967）的13幅画作，却刻意避开霍普最经典的代表作，作为电影的分镜场景与每段开场。

与电影几乎诞生于同一时期的爱德华·霍普，终其一生深受电影影响，他不仅是忠实的电影迷，更私下撰写了不少影评；当电影从默片来到有声片时期以后，因为电影可以控制光线，以光影说故事，而喜爱上“表现主义电影”与“黑色电影”！日积月累，潜移默化，霍普画作中的光线、大色块、主题和构图，不免深受影响，形成宛若“电影剧照”（Film Still）的风格；比如《夜晚的窗》（1928）、《夜晚的办公室》（1940）、《纽约的房间》（1932），他并绘制多幅以“电影院”为场景的代表作，例如《纽约电影》（1939）和《中场休息》（1963）。有趣的是，深受电影影响而生的霍普绘画，最后竟反成为影响电影导演的创作元素。

诸如希区柯克的《惊魂记》(Psycho，1961)中锐如刀割般的线条、大块的画面及诡谲刺眼的人工灯光，即受到霍普《铁道旁的屋子》(House by the Rail-road，1925)画作影响。而深受同样一幅画作影响的电影作品还有泰伦斯·马利克的影史经典名作《天堂之日》(Days of Heavens，1978)。而爱德华·霍普最著名的画作《夜游者》(Nighthawks，1942)，更数度被电影导演搬上银幕。

例如达里欧·阿根朵(Dario Argento)的《夜深止步》(Deep Red，1976)完全将画作转化为电影场景，而文·温德斯的《暴力启示录》(The End of Vio-lence，1997)亦以霍普画作为蓝本。

不过，古斯塔夫·德池却不满足于仅将绘画场景如实搬上银幕，而是进一步探索绘画的二度空间与电影的虚拟三度空间，其不同视觉经验的交流，广播、剧场与电影三种不同媒介的戏剧形式间转换的可能。

受到约翰·多斯·帕索斯(John Dos Passos，1896-1970)的美国三部曲所影响，叙事风格上，古斯塔夫·德池选择以一位女演员“雪莉”贯穿《13个雪莉》全场，透过她的第一人称的内心独白，引领我们一同走进她的私密空间，

《13 个雪莉》（Shirley，2013）

窥探她与另一半史帝文的私生活与工作；而透过她身为局外人的“第三者观点”，观者得以一同经历20世纪美国重要的历史时刻。

经济大萧条的20世纪30年代、珍珠港事变、二次世界大战、原子弹爆炸，二战结束伴随而至的美苏冷战，20世纪50年代席卷美国文艺界与政府部门的“麦卡锡主义”，不仅形成美国史上的白色恐怖时期，更连带引爆著名的“黑名单事件”；人性之恶一旦溃堤，一发不可收拾！就连曾经创立“演员工作室”的著名剧场与电影导演——伊力卡山，亦加入告密者行列以求自保；不肯向威权低头的编、导、演员们，如卓别林、奥森·韦尔斯等人，被迫流亡海外，否则就是电椅死刑等着……20世纪60年代种族冲突越演越烈，而1963年8月28日马丁路德·金于华盛顿林肯纪念堂台阶上的演讲：“我有一个梦”，更掀起美国黑人民权运动的高峰；约翰肯尼迪总统遇刺身亡和越战的爆发……这些美国大事记件随着收音机里传来的声音或流行音乐——从蓝调到摇滚、从猫王到迪伦甚至反战歌曲，呈现出一个丰富多彩的美国社会文化史。

从女主角起身步入导演精心绘制的舞台空间开始，我们不再以“都会人的寂寞、孤独”这等单一观点来看待爱德华·霍普的这13幅画作，画作不再被视为静止的“电影剧照”，而是以一种全然不同于以往的，更富于层次与肌理的故事架构来重新审视这些作品，想象这些场景分别反映出画中女主角内心最私密或最珍贵的时刻，以及受到全球化影响下的文化、经济、社会、政治的变动……

剧中最有趣也最迷人的一段当推1959年的“哲学之游”。女人百般寂寥地朗读着柏拉图《理想国》的洞穴理论，读到一半，听闻男人进门的声音，摆出迷人的体态，假装酣睡；男人瞧见床上的书，拾起续读，掩卷，犹如那位已经出过洞穴到外面见过世面的洞穴囚徒，不再满足于纯粹表象所建构起来的世界，自然对眼前的女体也视而不见。古斯塔夫·德池藉着《13个雪莉》向世人展现了如何“思考”也能成为“形式”，从中，我们找到美的入口。

从《乡愁》与《牺牲》谈艺术家的追求

路德维希·维特根斯坦(Ludwig Wittgenstein, 1889–1951)于生前出版的一本75页哲学著作《逻辑哲学论》(Tractatus Logico–Philosophicus, 1921),对于人类思想极限,即理性试着想做却也做不到的这些“不可言喻的事物”,做出他奇妙的总结:“凡是无法言语的,就应该保持沉默。”

而在死后才出版的这本《哲学研究》(Philosophical Investigations, 1953)中,路德维希·维特根斯坦却对前作《逻辑哲学论》的各种观点做出强烈的批判;他甚至把哲学家比喻为四处嗡嗡叫,徒劳无功地让语言去做自己做不了的事情的苍蝇,而他的角色是“让苍蝇从瓶子中飞出来”。他希望哲学家不再被华而不实的言语所迷惑,而是透过语言的实际作用,将人们的注意力带往思想的极限并探求其含义。不过,《哲学研究》的书写风格,却往往让读者置身迷宫,或许因为如此,他原本期望“让读者自己思考”的美意,反难达成。

观赏安德烈·塔可夫斯基的作品,若无一定的艺术涵养与生命厚度,恐也如阅读路德维希·维特根斯坦的《哲学研究》般,陷入不知其所以的迷雾中,备感挫折。因为欲从世间不可言喻的神秘事物以及创作者幽微曲折的心灵世界中，努力找出相对应的语言来响应个中三味，自是极其艰困的挑战，尤其是面对这样一位深受俄罗斯文化熏陶，富于艺术造诣、哲学素养与神学思考的创作者。

《乡愁》（Nostalghia，1983）里的神秘老人多米尼克，把自己与家人禁锢在暗不见天日的特洛封尼奥斯(Trophonius)洞穴内整整7年，成了世人眼中的疯老头；《牺牲》（The Sacrifice，1986）里厌倦了逐名争利的戏剧人生，隐居乡间豪宅的亚历山大，面对这个物欲横流，失去信仰，战祸绵延，自然生态不断惨遭人类贪欲破坏的世界，更是忧心忡忡，他不时对着镜中反射出来的达·芬奇《三王朝圣》的圣母残影喃喃自语，却不知这早已病入膏肓的人间要何以才能走出黑暗?

他们身处的世界都是混沌浊世，就连振聋发聩的先知与哲学家也无法避免人类社会的悲剧，他们只能如西西弗斯，周而复始，孤独而顽强，不断地与命运对抗。多米尼克与亚历山大对镜观影，镜中呈现的即是塔可夫斯基的“艺术自我”。而一再以“诗人”或“艺术家”而非“电影导演”自居的塔可夫斯基，就如俄罗斯诗人普希金所言：“不管认不认同，诗人或真正的艺术家都是‘预言者’。”

他们就如尼采笔下长时间自缚于黑暗，不可理解，

《乡愁》(Nostalghia,1983)

《牺牲》(The Sacrifice,1986)

不为人知的特洛封尼奥斯式地下活动者，在经历过这么长久的孤独与暗不见天日的人生以后，怎么样也不愿再保持沉默！就如《乡愁》的多米尼克，在象征罗马黄金年代的马可·奥里略（Marcus Aurelius，121–180）皇帝雕像上，发出一连三天三夜，最后的悲鸣！最后在贝多芬《快乐颂》断断续续的乐声及世人的漠然之下，以殉道完成此生真理的贯彻。或如《牺牲》中的亚历山大，决意舍弃世间一切的享乐与牵挂，骑着脚踏车，独自穿越象征人生的雾间泥泞道路，来到巫女玛丽亚的住处，寻求解救人类社会免于毁灭的药方，在一场熊熊大火中完成他的救赎与解脱。

《乡愁》与《牺牲》两片，是塔可夫斯基最深情动人的告白，它们传达身为艺术家自始至终的信念与追求：对自然的热爱——雨、火、水、雪、雾、露、风、泥土……万物有灵——狗、树木、杂草、花……杜绝无穷无尽的物质文明追求以免除人类社会的毁灭，重拾宗教信仰以重建人类道德社会秩序，自我牺牲既是生命的毁灭也同时孕育出新的生命契机。

从德国新摄影运动谈蔡明亮《郊游》与贾樟柯《天注定》的时代面容

1925年，德国艺术界出现了两件影响世界摄影史的大事件。

其一是拉兹罗·摩侯里纳基(László Moholy-Nagy, 1895–1946)《绘画·摄影·电影及其他关于摄影的写作》(Peinture Photographie Film et Autres Écrits sur La Photographie)一书的出版；摄影自此终于得以摆脱绘画的枷锁，发展独立自我，而以拉兹罗·摩侯里纳基为首的“新视觉运动”(Nouvelle Vision)，强调通过摄影这一新的形式，进行各式各样的艺术实验。

其二是曼海姆美术馆（Mannheim Kunsthalle）馆长古斯塔·费德列克·哈特劳伯邀请一批艺术家，举办了一场后表现主义时期的艺术展，没想到这些艺术家却严拒表现主义者的自我参与及对浪漫的渴望，这场以“新客观主义”（Neue Sachlichkeit）为名的展览，影响所及，连埃布尔·兰格-帕奇（Albert Renger-Patzsch，1897–1966）等摄影师，也认为摄影拥有自己的美学——写实主义，完全不必借用其他的艺术形式。他们致力于创作中实践他们对机械化世界的热情，加上媒体与出版业的推波助澜，很快的，“新客观主义”摄影风格便蔚然成风！1928年，埃布尔·兰格－帕奇发表了由100幅照片组成的摄影集《世界是美丽的》（Die Welt ist Schön），而按照摄影师的建议，这本书更适合取名为《东西》（Die Dinge）。该书中，摄影以科学插图般的精密与清晰，展现自然的形式，工业主体与大量生产的对象，故“新客观主义”又被称作“新即物主义”。

乍看之下，德国魏玛共和国年代是以拉兹罗·摩侯里纳基的“新视觉运动”以及埃布尔·兰格－帕奇等人的“新客观主义”，作为反映公众生活与社会现况的主要艺术表现。事实上，主要藉助摄影这一新生的手段进行艺术实验，探索视觉的新可能的还有两位摄影家，一位是德国肖像及纪实摄影师奥古斯特·桑德（August Sander，1876–1964），另一位是艾文·布拉姆费尔德（Erwin Blumenfeld，1897–1969）。

奥古斯特·桑德于1929年出版《时代的容颜》（Antlitz der Zeit），目标在展现威玛共和国时期的社会现况。该系列分成七大主题：农民，熟练的工匠，女人，类别和专业，艺术家，城市，最后的人（意指无家可归者，退伍军人等）。到了1945年，桑德以一己之力所建立的图像文件已超过了4万张。而桑德不带任何情绪与艺术家主观情感投入的这些面容，使得他的肖像摄影人物均是面无表情，与其异曲同工的还有时尚摄影界的艾文·布拉姆费尔德，他们俩人的这种摄影风格均被称为“冷面摄影”（Deadpan）。然而，这种摄影风格并不局限于肖像摄影，还包括了非人与无人的主题内容，例如埃布尔·兰格－帕奇的对象摄影，以及贝歇夫妇（Bernd Becher，1931–2007 & Hilla Becher，1934–）以12张作品排列而成的建筑系列作品。

他们将镜头锁定于纳粹时期留下来的德国工业与寻常百姓的建筑：如水塔、天然气储存槽、煤仓、油槽、矿井、石灰窑、钢铁厂的鼓风炉，以及厂房等等，每栋建筑都以同样的视角、光线条件拍摄，并以12张做为一个序号，藉此有系统地建立一套工业建筑类型学研究；而贝歇夫妇两人将这些平凡无奇的日常生活影像，透过思虑周密的组织编排，使其产生历史记录的意义，并形成视觉与心灵上的冲击；贝歇夫妇俩的作品被收录于1975年1月由威廉·詹金斯（William Jenkins）于乔治伊斯曼故居策展的“新地志学：人类造就的地景照”（New Topographics：Photographs of a Man–Altered Landscape）巡回展中，自此以后，“新地志摄影”蔚然成风！而贝歇夫妇于德国杜塞道夫艺术学院(Düsseldorfer Kunst Akademie)的创作风格与其概念，也造就出一批顶尖高徒，安德烈斯·科斯基（Andreas

Gursky）、托玛斯·史特鲁兹（Thomas Struth）、托玛斯·鲁夫（Thomas Ruff）、坎迪达·霍佛（Candida Höfer）等人，日后都是国际摄影界赫赫有名的人物。

这些德国摄影家的拍摄方法乃藉由连续拍摄同一个主题，积攒出大自然万物与工业化制品，建筑与人类社会的类型学；而这些影像无论是空景、地景或肖像，摄影者均以一种不带主观强烈的批判情绪，表面空洞平淡冷静的调性，拍出富含深意的中性美学图像；而序列式与系统性的编排风格，与百科全书有着异曲同工之妙；这些摄影创作者藉由影像探讨当代都市的历史意义以及工业文明对于生态的影响，其形式与概念对于当代艺术的影响极为深远，电影自不例外。

社会环境与地景于人的面容上所产生的细微影响，唯有透过最优秀的摄影师，才得以捕捉到那难以觉察到的时代面容。本雅明于《摄影小史》中曾提及奥古斯特·桑德《时代的容颜》集结了那个时代里不同社会阶级、职业与性别的面容，其成绩绝不亚于爱森斯坦或普多夫金于电影中汇集的那些气势雄伟的容颜特写。

有趣的是，无论是爱森斯坦还是普多夫金的影片中，绝大部分的演员都并非职业演员，却是一般大众！而这些一般大众在电影中扮演的角色，竟也仍是自己，尤其是工作岗位中的自己。在这些影片中，我们看到了苏联为首的电影，如何试图透过影像，复制一个自己在现实中的分身，满足现代人渴求成名 15 分钟的念头。不过，电影不同于肖像画或肖像摄影的是：电影不仅在乎人如何出现于镜头前，也在乎摄影机如何呈现人周遭的世界。

蔡明亮的最新作品《郊游》（Stray Dogs，2013）虽然并未如苏联影片大量雇用非职业演员，却同样地表达出他对于底层社会人民生活的关心。他以摄影机记录台湾社会里无家可归的失业男子一家三口的境遇以及大卖场里职业妇女的生活点滴，随机呈现出台湾社会急遽现代化与工业化的过程间，个体就如这个城市里的生活空间，外表美轮美奂得如装潢屋，内心却缺少人性的温度；而人与人之间，就算亲如一家人，彼此也是冰冷而陌生；就连食物也失去了本真，成了无臭无味，经过低温杀菌处理过的冷冻食品。

摄影机由远而近，从隔着街道凝视无分刮风下雨，也得站在车水马龙的街道上高举豪宅广告牌以换得一口饭吃的李康生，慢慢地向他推进，直到停驻在那张饱受岁月摧残，却仍骄傲地唱着《满江红》的脸。第一次，这个时代的容颜不再被那些穿梭于名利场上，擅长奇技淫巧、强取豪夺的知名人士所占据，而是由一位贫无立锥之地的街友，透过他的视角，引领我们重新审视我们的习以为常，这个时代的光怪陆离。

《郊游》(Stray Dogs, 2013)

《天注定》(A Touch of Sin, 2013)

在失去时间意义的废墟空间里，摄影机以第三人称全景视点，架设在同一位置，分别记录陆弈静与李康生凝视一幅图画的过程，最后一幕，摄影机由原来凝视这幅图画的旁观者立场，转而以特写镜头强调李康生与陈湘琪一同凝视这幅图画的脸部表情，如魔术般，时钟的沙漏自此开始，观者随着剧中两位主角一同经历爱恨纠缠的生命旅程，废墟从长久的沉睡里苏醒，罗兰·巴特认定的“电影中没有幽灵，不会来纠缠我”，只有摄影才具有沉思性的概念在此反转，电影不但具有摄影一样的沉思本质，还可以走得更远。

相较于蔡明亮的《郊游》，贾樟柯的《天注定》（A Touch of Sin，2013）虽同样关注草根阶层，聚焦于普罗大众的生活，但更多的是体现城市急速发展的历程中，农民工致力追寻生活梦想的同时，内心产生的困惑、挣扎与痛苦，最后不约而同地选择“暴力”，做为纾解内心郁闷的手段；摄影机紧随着剧中 4 位主角——姜武饰演的忿忿不平的煤矿工人，劫富济贫的农家子弟王宝强，赵涛的现代版侠女，福楼拜《情感教育》里的翻版人物罗蓝山——从山西偏远乡区的一座煤矿村，辗转来到重庆农村，再到湖北的一家三温暖按摩宾馆，最后落脚于南方广州的台湾工厂与深圳的色情酒店。

贾樟柯不时以空镜凝视着中国这块看起来既陌生又

亲近的故乡土地。观众随着摄影机运动看着这块土地上雨后春笋般地盖起一座又一座与西方摩天大楼风格雷同的高楼大厦、宾馆、酒店；看着过往为政治服务的文艺工作者，现在转而为商业出卖灵肉；生活在这个商业与政治交叉口中不知何去何从的社会大众，只能透过那一出又一出与中国当代现状呼应的《林冲夜奔》《锄叛官》《玉堂春》戏曲，稍稍发泄郁积在胸口的愤怒。

贾樟柯以电影记录了这个急遽变动中的中国，当代都市与乡村的消长与其时代意义，工业文明对于生态与景观的影响，生活在这块土地上的个人肖像与群体图像。身为中国第六代导演的贾樟柯将电影推向了一个更深邃的境界，不再是马克思主义阶级斗争理论下为政治意识形态宣传的产物，不追求纯感官的刺激，不卖弄小人物悲情与浪漫的感伤，而是将政治与社会脉动结合以后的整体而全面性的思考与表现。从《小武》到《天注定》，一如德国新摄影运动里那些摄影家们不厌其烦，巨细靡遗，分门别类地记录下他们的时代面容，贾樟柯实实在在地将当代中国的各种面貌——工业化现代化与土地环境，个人与群体，都市与乡村，以胶卷完整地记载下来，堪称为当代中国，乃至当今亚洲最重要的影像创作者。

里斯本夜車
里斯本夜車
Lissabon
Lissabon
里斯本夜車
NIGHT TRAIN TO LISBON
3·29

《里斯本夜车》

在里斯本遇见戈列格里

一连数日都沉浸于里斯本的回忆里，以蓝色磁砖装饰的街道巷弄，加了葡萄干的海鲜黄色米饭，位于卡雷街 120 号的诗人咖啡馆“A Brasileira”，上百种口味的沙丁鱼罐头，唤起昔日美好记忆的国宝级饮料“Ginjinha”，以及 Amália Rodrigues 余音绕梁的法朵，不过，这些都远不及在夜深人静的时刻，我搭乘旅社旁的老电车，往返于山脚山顶的经历。

在这段车程不到两分钟的过程里，每位乘客都心无旁骛地沉溺在自己的世界里，发呆，读报，打盹，享受里斯本万籁俱寂的一刻，像极了帕斯卡 · 梅西耶 (Pascal Mercier) 笔下的戈列格里，隐身于文字的世界里，在自己与这个世间筑起一道保护自己与古文明的围墙。

比利 · 奥古斯特尝试敲毁葡萄牙人心里这堵围墙的企图并未成功，然而，光是听闻那些闪耀着人生哲思的句子，看着夏绿蒂 · 兰普琳置身于富藏着人间古老智慧的绿色图书馆里，虔敬却又孤傲地拒人于千里之外的模样，都够令我陶醉的了。

当文学与电影相遇

在原创剧本越来越少见的电影界，若想说一个好故事，又找不着灵感，文学自然而然成为电影汲取创作养分的园地，然而，在改编自文学的电影中，原作越精采，改编的过程越是处处掣肘，“尊重原著”到极致的结果，反而难以得见优秀的影像作品，大导演希区柯克便因深谙个中道理，专挑名不见经传的垃圾文学着手，反而缔造了他艺术生涯的高峰，如代表作《惊魂记》《北西北》《迷魂记》等。

知识分子的良知与道德困境

改编自白俄罗斯小说家瓦西里·弗拉基米罗维奇·贝科夫（Vasil Uładzimiravič Bykaŭ，1924—2003）的同名电影《在雾中》（In the Fog，2012），由俄国导演瑟盖·洛兹尼察（Sergei Loznitsa）与《四月三周又两天》名摄影师奥勒格·穆图（Oleg Mutu）共同合作，将此文学经典搬上银幕，自然令我深切期待。

国人可能对瓦西里·弗拉基米罗维奇·贝科夫的名字并不熟悉，但在世界文坛上，他可是备受爱戴！贝科夫作品多以二次世界大战为背景，以其不凡的说故事才华与作品中显露的道德勇气而多次获诺贝尔文学奖提

《在雾中》(In the Fog，2012)

名；而在他的文学作品中，主人翁所面临的道德困境与良知挑战，往往来自于严苛的现实。

无论是二次大战中的纳粹德军，或者战后背负着意识形态与政治教条的苏维埃社会，贝科夫都能秉持着一贯的悲天悯人与勇敢，坚持不与当权者妥协，坚持说真话、行真理之路，这也使得他的作品在海外被阅读的机会，远比在自己国家还广泛，但他动荡的生活、不妥协的立场、坚持写作真实的战争记忆，仍使其成为苏联时期最受百姓爱戴的作家；1980 年，他被授予“白俄罗斯苏维埃社会主义共和国人民作家”尊号。

如何转化文字为视觉语言

全片以直线性叙事进行，穿插三段倒叙，分别描述剧中三个主要人物——苏山亚、布洛夫和维堤克的性格如何决定自身的命运；他们身陷一种集体疯狂的状态却不自知，道貌岸然地以道德和忠诚当成借口，或牟取私利，或施行报复，或冷眼旁观，于焉，悲剧无可避免地发生……

瑟盖 · 洛兹尼察师法布列松（Robert Bresson）导演，认为电影就是“将脑中想法转化为严谨的视觉观点，运用简炼的影像语言来讲故事”。正式拍摄前，规划详尽的一张张分镜图便已完成，他据此拍摄，不讲求现场即兴创作。俄罗斯桦树林、囚室、家庭等空间，都成为人性的试炼场，于其间，道尽的是人性的自以为是及盲目无知。

摄影机尾随着三位主角迈上这趟人性之旅，在长途跋涉的行进中寻找，沉思，解答。当沟通在社会里已无法建立，潜藏于人性中的野蛮使人们选择冷漠，此时，忠于自我，维护人性尊严，对自己的抉择抱持信念，竟成如此艰难！这是一部没有屠杀的战争电影，也是关于圣人、怀疑者与恶棍的道德思辨故事。

末世预言成真

《梦游大都会》（Cosmopolis，2012），改编自美国小说家唐·德里罗（Don Delillo）2003 年出版的同名小说，反映自由经济主导的当今世界，在一波接一波金融风暴的席卷下，逐渐土崩瓦解的末日面貌。该小说被加拿大名导戴维柯能堡（David Cronenberg）相中，他仅仅花费 6 天，随即完成改编，足见他对此部小说内容娴熟及热爱程度。巧的是，电影拍摄期间，“占领华尔街”（Occupy Wall Street，2011.9.17 – 2011.11.15）运动爆发，与该戏遥相呼应，更加深此小说宛如末世预言的联想。

在这个与世隔绝的“加长型礼车”内住着一位年纪

《梦游大都会》(Cosmopolis，2012)

轻轻靠汇率波动而成为巨富的28岁金融巨子；他在此吃喝拉撒睡，过着与真实世界隔绝的人生，对外在社会所发生的一切，浑然不觉！却知道如何任性地贯彻他个人的意志——买下整间富藏名画的老教堂，与政治联姻的巨贾妻子行云雨之欢，到曼哈顿贫民区某间父亲常光顾的理发店理发。透过虚拟世界，他拥有了知识、金钱、权力，看似什么都有，但却从未真实经历过暴力、痛苦、死亡……为此，他决定孤注一掷！

虽然戴维柯能堡近乎完整地保留了原著的精髓，但他大量运用象征符号来隐喻这个光怪陆离的世界，却为全剧增添更多想象——例如："老鼠"货币，富人附庸风雅的场所"书店与剧院"，保镖随侍的"加长型礼车"，挂着"北韩领袖照片"的电视台采访IMF总裁，以"蛋糕"来反抗资本主义社会的行动艺术，一支全凭声控系统来操控的"奥地利手枪"……

感谢在混沌的世界里仍有这些文学的存在，使得幽暗中，仍能发出一丝人性的光芒，引导我们在漫漫长夜，得到心灵的抚慰。

摄影笔记

从 Photo Taipei
看百花齐放的台湾当代摄影

台湾社会解严以来，摄影的类型始百花齐放。摄影师带着各自对这门艺术的热爱与想望，投注于此领域。年轻一代摄影师王建扬与张哲榕结合童稚与卡漫，将这个时代宅男无处发泄的情欲幻想，跃然纸上，备受 Y 世代吹捧。

在数字浪潮袭卷全球，传统摄影成为越来越多台湾摄影师乡愁的当下，却赋予高志尊一展才华的舞台。2010 年，他以古典“蛋白版摄影”在台湾首度发表个展“青春的容颜”，证明传统工艺在台湾摄影界潜力无穷，随后他相继发表“氰版摄影”“胶彩版摄影”创作，将 150 年前风行的古典工艺，赋予现代面貌。这次于 Photo Taipei 展出的《青色年代》肖像系列。以“肖像摄影”的形式，将这些巧扮成动漫人物的“角色扮演”者，从虚拟世界拉到观者眼前，神秘的过程，犹如在日光照射下，潜藏于相纸内的幽灵，慢慢浮现。

刚自师大美术系毕业的吕宛书，获选这届台湾新锐艺术家。展出媒材虽非标新立异（以磁砖 + 影像输出），技法也非首创（刮片后置处理），但是展出主题《Banana》及相映成趣的诙谐手法，却令我留下深刻的印象。我尤

《青色年代》肖像系列，高志尊，2010 年

《生殇相》，杜韵飞

《Banana》，吕宛书

其爱她那张《蹲式马桶》，黑白难辨的幽默感，杜尚看了，恐怕也要还魂于人间，望着它大笑。

在影像浮滥的今日，能够令观者感动，并且让人过目不忘的影像却越来越少。史帝夫·麦凯瑞（Steven McCurry）拍摄的《阿富汗少女》，成为世人眼中战火下无辜平民的表征，杜韵飞却以即将被安乐死的动物为主角，表现出死之将至前的浮世众生相。《生殇相》历时30个月拍摄，并且持续进行中……在所有的作品中，最令我动容的就属这张《2011/10/24 12:09pm 台湾某公立收容所距离安乐死时间：1.9小时》。从它皱瘪与伤痕累累的身躯，可知它受尽折磨与苦难，然而，狗儿的眼神却超然于生死之外，不卑不亢的态度让观者油然而生的同情转为敬意，进而反思自己蜉蝣般的人生。

从 Taipei Photo 看内地摄影

第四届台北摄影节将触角伸向不同领域及国界的创作者。除了可以一睹庄灵、张照堂、潘小侠等前辈的代表作以外，还可亲睹大陆摄影中生代及新世代的摄影创作。在这次展出的两岸作品中，明显的，内地的摄影作品总成绩无论在主题、技法、表现手法及完整性，都较台湾作品更为杰出。

在这次参展的摄影家名单中，我个人较喜爱的有邸晋军的《湿海》及《青年》两个系列。1978 年生，毕业于北京电影学院摄影学系图片组的年轻摄影家，在这个数字普及的时代，却坚持以“火棉胶湿版工艺”表现心的映像，作品真挚动人，仿佛引领观者穿越时光隧道，重返灵光消逝的年代。

初识欧阳星凯的“人民路”系列的“四平方”，是在北京 798“映画廊”展出时，当下即被他作品里空间与摄影的探讨，引发浓烈的兴趣；这次在台北摄影节展出他的“洪江”系列。与“人民路”系列两作并陈，更见他作品风格。虽难掩纪实摄影中过度斧凿的痕迹，却见他走向真正的艺术之路的决心。

钟维兴的《失乐园》是这些作品中最让我喜爱的。在这个以荒原大漠为背景的人体摄影中，不乏诗意，但

《洪江》，欧阳星凯

《失乐园》，钟维兴

更多的是悲壮肃杀；身为观者的我，犹如“上帝之眼”，目睹着这些人类亦步亦趋地迎向他们的死亡终点。末世纪的苍茫，总使我想起博格曼的《第七封印》。

《青年》，邸晋军

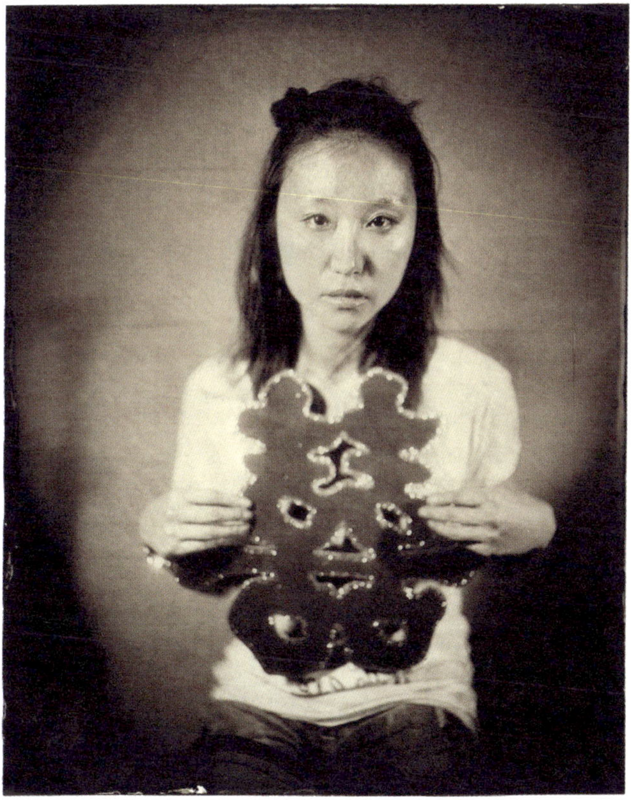

从法日两国看摄影的历史与文化

2001 年，刚来台湾不久的法国佬飞扬，在一条台中的街道上瞧见一排保存完整的日式平房，为了拍摄这些老房子，他特意买了平生第一台相机；隔日，他旧地重游，望着眼前几被夷为平地的残骸，难以置信！多年以后，这件事仍让他耿耿于怀，他不解地问我："一个民族不重视自己的过去，如何走向未来？"

另一位法国佬余白满怀热情与骄傲地说着："我们的政府非常非常重视自己的历史，不仅政府耗资雇请一批摄影师走遍整个法国的大街小巷，以影像记录我们的历史，还斥资建立法国国立摄影中心，每年编列大笔预算购买摄影原作，补助摄影展览，开办免费的底片摄影教学课程，为下一代保存历史而尽心尽力；而法国民众也因肯定摄影的价值而购买、而收藏摄影作品的这个习俗，甚可溯及 19 世纪末 20 世纪初，当时有不少法国人因绘画而成为摄影师与收藏家；而法国媒体对于影像质量的要求更非一般！就连专门报道八卦，在法国卖得很火的《巴黎竞赛》（Paris Match），这种专报垃圾新闻的周刊照也十分重视影像质量；法国出版业为了普及知识，让更多人有机会看书，20 世纪 50 年代创造了口袋书，让有价值的东西被更多人看见。你瞧这本《1968

（上）纳达登上热气球拍下有史以来第一张鸟瞰巴黎的照片

（中）《巴黎竞赛》画报以专题报道的形式树立风格

（下）《1968 雷蒙·德帕东》摄影口袋书

Raymond Depardon》仅售价 8 欧元，这价格在法国根本不算什么！”

“也许新任文化部长上台以后，台湾的文化环境会有所不一样吧？”他提出此问。满心期盼，1839 年 8 月 19 日，法国政府出面购买达盖尔银版专利的美事，会再一次发生在这块土地上。

范如苑举了一个她自日本摄影书上习得的例子，与法国摄影史观不尽相同，却让我瞥见东西文化的差异。她说：“为了完成一张鸟瞰巴黎的照片，摄影师纳达失败了很多次，直至散尽家财才成功。”

纳达登上热气球拍下有史以来第一张鸟瞰巴黎全景图的英姿，是我所熟悉的！然而，他散尽家财的故事，却是直到今日，透过留日摄影史学家的研究我才得知，难道这前半段被法国史学家刻意淡化或遗忘？我想起拿破仑，他从来只宣扬自己打胜仗的英勇事迹而遮掩那些战败的事实，也因此打造就出戏剧性的英雄传奇；但一直以来务实的东方民族，在追逐历史风流人物的轨迹的同时，总免不了连带扒出英雄所必须付出的“代价”！这并不意谓着，东方民族远不及西方人浪漫，相反的，当东方民族在深思熟虑以后，若仍决意为某事付出行动，他们往往不计代价，这也造就出东方式的浪漫主义。

超现实主义女摄影师？

又见一位擅长于文字与摄影的女性创作者。克劳德·卡沪（Claude Cahun，1894–1954），这名字我们并不陌生，却从未真正熟悉。她是后现代主义摄影家辛迪·雪曼的启蒙者，变装自拍照的先驱，却老被艺术史研究者归类为超现实主义女摄影家，我对这个说法深深不以为然！

的确，克劳德·卡沪与超现实主义团体时有来往，并有几幅作品显见超现实主义的精神与风格：如《完全无效的承认》（Aveux non Avenues，1929–1930），然而，她却是自始至终都不曾被超现实主义的团体接纳，一方面在于超现实主义团体成员憎恶具有独立自主意识的女性创作者，尽管超现实主义者不断地将女性纳入创作的素材，女性艺术家在超现实主义的圈子里，却只配当个缪斯或者行政助理，还得三不五时兼职情妇与伴游，尽管她们的贡献卓越，这些女性的名字却从未被列入超现实主义团体宣言中。

另一方面，克劳德·卡沪从不愿妥协。她离经叛道的举止，不仅表现在男性化的装扮，她放弃了父姓露西·舒渥伯（Lucy Schwob），选择了一个中性化的名字克劳德，并以母系家族取名卡沪；更与原名苏珊·玛

《自拍像》，克劳德·卡沪

勒伯（Suzanne Malherbe），后以亦男亦女的中性笔名马赛尔·摩尔（Marcel Moore）发表作品的女插画家同居，两人之间至死不渝的“波士顿婚姻”关系，曾令超现实主义宣言起草者与发言人布列东看到两人出现时，立即拂袖而去！

本次在巴黎杜勒丽花园掌中戏（Jeu de Paume）现代摄影美术馆展出的《克劳德·卡沪》作品中，明显地着重于这位女性摄影师传奇的人生与其作品之间的关联，邀请观者以全新的眼光，重新认识这位摄影界的先驱者，集女权主义的实践家、反纳粹主义的革命行动家、诗人与作家诸多身份于一体的克劳德·卡沪，与其每张作品背后之间的人生关联。

从荒木经惟的きんばく看日本エロス文化

虽说荒木经惟被推崇为日本情色摄影大师，但他将肆无忌惮的色欲想象予以具象化的滥觞却源自“紧缚”（きんばく）系列。

尽管荒木极力辩称：在日本文化中的“きんばく”与西方文化里的“绑缚”（Bondage）有所不同，在日本文化中，“きんばく”是一种结合了捆绑与花饰的传统艺术；而且，他捆绑的只是女性的身体，而非女性的心灵，更多的时候，他作品里出现的女性是出于自愿！他甚至深信，女性可以藉由“きんばく”来解放她们的灵魂。

观赏这次的《2 THE SKY, My Ender, 遗作空 2》，我已不再为荒木影像中流淌的贲张情欲而目眩神迷！这一张张以黑白“SKY”为背景，迭置小张彩色女体照，并佐以涂鸦的创作手法，营造出时空交错的层次感与艺术感，带给我另一番视觉的惊喜！与此同时，因衬底的黑白空景在观者与荒木的情欲剧场间拉出另一个“空间”，这个不带意识形态与视觉符号的“空”，不但破坏了荒木一直以来亟欲营造的“きんばく里的一切 SM 行为，都不过是戏谑的剧场效果”，还使得这些原本无伤大雅的影像，变得出乎意外地“写实”！

《紧缚》，荒木经惟

我不禁怀疑，当这些看起来无伤大雅的影像一旦失去了“艺术”这面旗帜的庇荫，转而在我们的生活里真实呈现的时候，那会何等光景？

翻开日本文化史对于“日式绑缚”的探讨与著述，不难得知，“日式绑缚”源自日本刑罚中的四种拷问术——笞打、石抱、以绳捆绑、悬吊。通常需要将受施者用绳索捆绑起来，用以满足实施者的征服欲或受施者的被限制欲。虽然日式绑缚经过演化已经变得非常专业且安全，受施者不会在绑缚的过程中受伤，然而，日式绑缚仍不失为日本传统酷刑的一种重要的行刑手段。

它的目的在藉由残缺其肉体来给予最大、公开的耻辱。江户幕府于1742年颁布的这四种拷问术，形成日本S&M文化的主要模式；根据川政次郎的《日本行刑史》（青蛙房），犯人被绑在马后，以字条标示罪行，拖绕城市一周，因公开凌辱可以吓阻大众，女囚在公开凌辱中遭受更多痛苦，并会唤起男性旁观者的变态性欲，这才是现代日本捆绑艺术背后的真正目的。德川幕府时期日本社会变得较为安定，刑罚行为亦愈趋戏剧化，江户文化颠峰期的刑罚描述变成了浮世绘，刑虐成了带有煽动色彩的大众娱乐，变得广泛流传于大众间。

贾克·杭特（Jack Hunter）在《炼狱中的情欲》（Eros in Hell）一书中，便引用日本音乐家秋田昌美的观点：

“SM 在日本是不同的！它非关双方的享受，我们必须得考虑日本女性于社会中的相关位置……日本的 SM 世界往往和军国主义扯上关系，而 SM 的权力关系通常被视作为妄想症的主题……SM 把绝对权力的残忍之处，以极暴力的方法展示于观众眼前。”

American Power

观看米契·爱普斯坦（Mitch Epstein，1952–）的展览，从不是赏心悦目的经验。乍看来平凡无奇的生活场景里，却弥漫着山雨欲来风满楼的末世纪征兆。这两张名为《西维吉尼亚，阿摩斯柯尔能源公司小镇》（Amos Coal Power Plant Raymon，West Virginia，2004）以及《波卡中学和阿摩斯柯尔能源公司》（Poca High School And Amos Coal Power Plant，West Virginia，2004），皆收藏于这位美国摄影师的《American Power》摄影集。

这个摄影计划源于2003年，于《New York Times》刊登的一篇报导。位于俄亥俄州东南部的村庄——契许尔（Cheshire），所有居民因美国电力公司（American Electric Power，简称AEP）造成土壤与环境的严重污染而必须集体迁村。该地居民可以获得一笔来自美国电力公司的补偿金，但前提是：这些因能源污染中毒的居民得永远地闭嘴！

为了了解美国能源这个盘根错节的复杂主题，米契·爱普斯坦决定展开“美国能源探索之旅”，也就是在这个四处寻访与研究的过程间，他发现美国能源问题一如俄罗斯娃娃般，掀开这个表层的问题，却又牵引出隐藏在中的另一个问题；电力能源牵引出政治权力，而政治问题又连带扯出背后的财团与其压力游说团体，而企业利益又与消费者息息相关，消费者又直指公民权利，公民又牵扯出宗教与道德……于焉，透过米契·爱普斯坦的影像，我们看到的不仅是美国这个强权国家与能源之间的难以切割的共生关联，我们更可以看到，不负责的政府施政、只知牟取利润而欠缺道德良知的企业，以及无知的老百姓，如何让人类赖以生存的这块土地与自然环境变成寸草不生的毒瘤。

在当前台湾居民环保意识不断崛起，施政者却仍浑浑噩噩的当下，米契·爱普斯坦于巴黎亨利·卡蒂埃·布列松纪念馆（Fondation Henri Cartier-Bresson）的《American Power》摄影展，无疑的，犹如一记警钟！

《西维吉尼亚，阿摩斯柯尔能源公司小镇》，2004

《波卡中学和阿摩斯柯尔能源公司》，2004

法国国宝级摄影大师——雷蒙·德帕东告别之作

雷蒙·德帕东(Raymond Depardon)，传奇摄影记者，纪录片导演，大半生在世界各地流浪，70岁那年，发现自己对非洲比自己的国家还要了解，决定一个人带着大画幅相机，开着车漫游于法国的乡间小镇，在街头小巷，捕捉各地法国人的身影，以影像进入他们的内心世界，倾听他们对生命的感触，为这块他最热爱也最陌生的土地留下记忆与历史。

《如果在法国。一个旅人》(Journal de France, 2012)。无疑的，是德帕东的人生告别之作。他以累积近半世纪的人生经验及别具视点的影像技巧，将那些储存于地下室的“毛片”重新梳理，写下晚年最私密也最动人的影像日记，给予观者呈现的不仅是属于法国的抒情与被世人遗忘的历史,更是关于世界民主与专制,人民与战争，生命，爱与欲望的无与伦比的宝藏。

《如果在法国。一个旅人》(Journal de France, 2012)

关于 Jane Evelyn Atwood 回顾展

巴黎《摄影欧洲之家》(Maison Européenne) 首次展出美国女摄影师——珍·爱佛琳·阿特伍德（Jane Evelyn Atwood）1976 年~ 2010 年间作品回顾展。本次展出的作品里概括六个主题：性工作者、盲人、女囚犯、艾滋病患者尚路易、大溪地以及地雷的受害者。每张照片都伴随着巨细靡遗的文字解释，一方面向观者解释了这张照片拍摄的地点与身为摄影师的她的心境，更阐述了摄影的当下以及摄影之前与摄影之后的状况，是继 Sophie Calle 以后第二位完美地结合文字与摄影的创作者。

L'Institut départemental des aveugles,
Saint-Mandé, 1980 © Jane Evelyn Atwood

圣蒙迭盲人机构，1980

Maison d'arrêt de femmes, Dijon, 1991
© Jane Evelyn Atwood

第戎女子监狱，1991

纪实影像的意义

今日在中国女书、西方女艺革命、性服务工作者研究，高行健的《灵山》以及数个展览间流转，其中，最令我回味的却是杨镇豪记录20年青春悲喜的《远方的风》。

画面人物的精神纯粹，与朴拙的背景交互辉映，每每令我想起李鸣雕的《牧羊童》。李氏以那个年代的田园风光，为台湾社会的纯朴留下印记；然而，21世纪的今天再看这类影像，总觉恍如隔世！

杨镇豪喜爱拍人物肖像，在多张作品中，他让人物的头顶或身后出现云朵，好似脚踩钢丝的空中飞人般悬浮而行；或让人物处于一种挣脱现实以后的出神状态，就连艺术家陈界仁在他的镜头下，也显出罕见的脆弱与轻盈。

晚上去听杨永智先生讲古，说的是台湾第一代26位摄影记者的故事。杨先生从1937年10月4日美国《LIFE》杂志刊登的那张王小亭的《中国娃娃》彻底逆转了中日战争的发展说起，到戴着太阳眼镜、穿着短裙从事新闻摄影工作的唯一女性记者伊梦兰，再谈到228事变发生时，当时少数能够见证此事件，并且成功地拍下历史镜头的摄影记者中，张才选择将底片尽数销毁！在台特派员王之一却将这些珍贵的历史镜头于《上海生

《中国娃娃》，王小亭

活画报》上披露；而同样重现硫磺岛上插旗的历史画面的是42年前，第一位以摄影师记者身份登上钓鱼岛的姚琢奇。这26位摄影记者尽忠职守地为那个时代留下了大量的影像见证，却也有意无意的，形塑出伟大领袖的魅力，也因为如此，我们永远看不到抽烟时的宋美龄女士；那些刻意筛选与精心编造出来的历史图像，成为令观者深信不疑的历史镜头，如今，制造历史的人物，多已作古，今昔对照，徒增怅然。究竟，影像传达的是真实，还是一个精心布置的美丽谎言？！

战争的阴影

福楼拜为了对抗他所在世界的愚蠢，晚年撰写《布法与佩古谢》（Bouvard et Pécuchet），藉由书中两位抄写员的求知之路，来嘲讽当时世人自以为坐拥百科全书般的丰富知识，就无所不知、无所不能，不再需要行万里路来探索这个世界。他以此书告诫世人，成人读书，不比小孩时期，只为了娱乐自己；也不应如野心家，为了求取功名利禄；读书的目的是为了“活着”。

而置身于全球媒体信息爆炸的21世纪里，世人也习以“秀才不出门，能知天下事”的心态，冷眼旁观这个世界；我们可以一面盯着数日未进食的肯亚难民骨瘦如柴的画面，一面大快朵颐！并随之将这个现世悲剧自脑海里清扫得一干二净。也就是因为如此，我们更需要在今日，藉由“定格”的影像，将世人的记忆重新唤起，使其回到这段历史发生的现场，驻足、观看、思索，战争，不管因何缘由而起，对生活在这个区域里的男女老幼，乃至动物与环境，带来什么样不可抹灭的影响？

2011年6月29日至9月25日于《欧洲影像之家》（Maison Européenne de la Photographie）展出的《战争的阴影》（L'Ombre de la Guerre），将1936年反佛朗哥西班牙内战至2007年二次波湾战争期间，

《战争的阴影》(L'Ombre de la Guerre)，亚莉山卓·布拉 (ALexandra Boulat)

自世界各地战地记者拍摄的作品里，精选出 90 幅佳作，其中，不乏国人耳熟能详的詹姆斯·纳切威 (James Nachtwey)、亨利·卡蒂埃-布列松 (Henri Cartier-Bresson)、约瑟夫·寇德卡 (Josef Koudelka)、塞巴斯提奥·萨尔加多 (Sebastião Salgado)、乔治·梅隆 (Georges Mérillon) 的代表作，然而，更多是国内并不熟悉的摄影师的作品，如亚莉山卓·布拉、尚·戈米、亨利·布洛、林赛·阿达里欧等人的作品，他们的作品里没有战地摄影里惯见的呼天喊地，血腥杀戮，反流露出一种深沉的感伤。

战争期间，敌我阵营只顾生死搏斗，甘愿沦为这场强权主导的杀戮游戏里的祭品，一去不复返的美好生活，那泯灭殆尽的人性，奇迹般的，透过这些摄影师的作品，从这一片备受蹂躏的焦土中长出了新芽。

镜观一个世纪的台北光影

没赶得及上午的开幕，却也避开了人潮，这会儿的展场，寥寥几人！但也就是在这样的氛围里，我得以静心地融入台北小城百年来的时光流转。

李鸣雕镜头下的台北，无论是繁忙的台北火车站，还是河边正待离岸的船只，静谧，遗世独立，如主人翁淡泊明志的心境写照。而与其相反的邓南光，却以照相机捕捉到女性最私密的情感状态！他猎捕的对象多是美人，唯一的例外是他的妻子，坐在缝纫机旁的她，肢体僵硬，眼光呆滞，像是历尽岁月沧桑后的风中残烛；张照堂镜头下的老夫老妻，面对死之将至的分离，不舍的情感，力透纸背！最令我意外的是许渊富的那张《穿雨衣的女孩》（1965），相较史蒂夫·麦凯瑞 1985 年 6 月刊登于《国家地理杂志》封面的《阿富汗少女》，他整整早了 20 年。而郑桑溪的《方与圆》(1956) 以及《裸女》（1963），显现出那个时代的台湾摄影界，在形式与美学上都深受欧洲摄影艺术的启发与影响。

21 世纪是台湾摄影创作的分水岭。长久以来在台湾摄影界里缺席的批判精神，在解严 10 年后的台湾社会里复活。社会边缘人的生存权等社会议题、借尸还魂的威权体制，透过杜志刚的《征兵制》、黄子明的《台北公娼馆结束营业》等人的作品，重新唤醒我们对历史的记忆；而快速变迁的台北城，随着铺天盖地的都更计划伴随而来的，是不分死活，还是天上人间，比邻而居的奇特面貌。

镜观一世纪台北光影

马歇·马叟逝世5周年摄影展

趁周末一连观赏了好几个展。来自法国的 Jean-François Gromaire 的美学概念展——《万物照应》(Correspondance)，运用不同媒材的物理性特质营造出人间万物自成一序的美感。

让我引颈企盼许久的澳洲摄影家杰·陶曼镜头下的《马歇·马叟》，乃是 2008 年过世的摄影家历经 38 个年头 (1965–2003) 的作品，并且自 45,000 张珍贵底片里挑选出 40 张展出，照理说，应是十分精彩！然而，看的结果却令我大失所望！这些展出的照片，或因摄影师欠缺纯熟的技术，只能于演出中使用闪灯以及使用高感亮度底片拍摄，结果是：除了寥寥 3 张外，鲜少捕捉到这位哑剧大师的神韵，艺术家纤细优雅的灵魂，仿佛在这些粗粒子间灰飞烟灭！若非孙丽凤讲解她的老师——马歇·马叟时令人动人的神情与内容，这场展出的效果恐怕会适得其反！

新乐园这档展出推出两位新人——郭信辉、赵书榕的多媒体视觉艺术作品。我特别喜爱郭信辉的创作。看着他巧手打造的机械，在一来一回的晃荡中，使我的世界失去重心，在晕眩中享受失去地心引力以后的轻盈快感。

《马歇·马叟》，杰·陶曼

约翰·汤姆生镜头下的福尔摩沙

时代之眼，台湾百年身影

周六在台北“北美馆”登场的《时代之眼——台湾百年身影》，特邀摄影家庄灵及张苍松策展，呈现近250张照片。

此展不仅引领观者回溯台湾100多年以来的庶民生活及其影像发展，并将苏格兰摄影家约翰·汤姆生尾随长老教会牧师来台于1871年，以玻璃湿版所拍摄的台湾最早的影像，如热兰遮城城门等，第一次展现在观者面前；而日据时代人类学者鸟居龙藏拍摄记录的泰雅族、布农族人群像，其影像中流露出的生动魅力，更是令人赞叹！

光复后，郎静山以集锦名作带动摄影风潮，这回呈现的是罕见的集锦之作《洞中猛虎卧》；而有“台湾摄影三剑客”美誉的李鸣雕、邓南光、张才的名作，也在展出之列。现代摄影部分除可见到郑桑溪、张照堂等人提出的“现代摄影”，解严前后关怀社会的报道式摄影，以及上世纪90年代以降，百家争鸣的摄影家着力于个人化表现形式，更显现出台湾百花齐放的摄影界现况。

乔瑟·罗曼巴的时光影像

时光旅人

西班牙摄影师乔瑟·罗曼巴（José Ramón Bas，1964–）让我见识到现代摄影的多样形式与潜能。

构图与技巧从不是他追求的重点。一如抒情的吟游诗人，毫无目地在天地间寻觅理想的世界，若遇见那令他感动的气味、声音与触觉，便有感而发；为了将刹那化为永恒，使情感原汁原味地被封存，他恣意地在相片上画下云朵、山川、草原，独行于天地的旅者，与他唯一的友伴：狗。

那跃然纸上的美妙景致是最好的相机与镜头也无法达到的诗意境界，心中悬念的景像如一节又一节的车厢，引领着他在现实与幻想的边界上忘情地起舞，不觉时空变换，日月交替，旅程已然达终点！他黯然下车，连他随行的照相机也给留在车上，让它随着这旅程风景一起隐没于天地之间。

从"编·导摄影"谈陈敬宝的《回返计划》

1825 年，早在达盖尔银版摄影术发明前，人类史上第一张照片已经诞生，它由法国科学家尼埃普斯以太阳蚀刻法成功地复制了这张 17 世纪法兰德斯地区《牵马的男子》雕刻版画——做为"照相蚀刻"技术的发声。

虽然曝光时间旷日废时，尼埃普斯仍选择行进中拉着马奋力前行的马夫与马匹僵持不下的动态影像，作为他摄影的第一张主题，而非静物；他的选择，已预见了摄影的未来：如何缩短曝光时间以撷取动态影像？摄影师如何由单纯地"复制"现实的"记录者"，转而为将脑中想法转化为严谨的视觉构图，运用影像来说故事的"编导"？

这种带着个人观点，强调戏剧效果的摄影，通称为"编导摄影"，又被称为"设置摄影"或"舞台摄影"，流派众多，大致上可分类如下：摄影者扮装的"自拍"：如辛迪 · 雪曼的《电影静照》（1978）。摄影者指导真人、动物或塑料人偶，扮演神话故事或社会某个角色，以再现"故事性场景"：如戴维拉夏培尔的《大洪水》（2009）与威廉 · 维格曼的狗照片。用小人偶与搭建的迷你布景演出的迷你剧院：如"移轴摄影"的作品。安排场景和对象后，以大型照片来呈现结果的"装置和摄影雕塑"：

《回返计划》，陈敬宝

如杰夫·沃尔《被摧毁的房间》(1978) 及格雷葛瑞·克鲁森的《玫瑰花之下》；“装置和摄影雕塑”更将魔幻写真推向极致，使得摄影自此跳脱了个人的影像书写，转而成为一种类似电影般的集体创作。

摄影师不再是被动地接收现实，反而主动介入，在真实的世界里搭建出符合心中意念的场景，并如剧场或电影导演般，指导人员演出情境所需的角色，如此形成的“编导摄影”自然具备十足的戏剧效果。由此来看陈敬宝的《回返计划》，不难瞥见彼此之间的关联。

身为小学老师的陈敬宝，要求参与学生画下与写下过去一年中最快乐、最痛苦或最难忘的事，再藉由这些书面资料重新演绎，请同学重返时空，扮演那个时候的自己。乍看有着纪实摄影的骨干，却因戏剧效果的渲染，反而呈现出“编导摄影”的内涵。

20 世纪七八十年代后的摄影，媒材美学间壁垒分明的个别性被打破，与之俱生的跨领域、跨地域的合作，使得摄影再也无法像从前一样，光靠单打独斗就可以完成，如何透过不同领域创作者间的良性互动，严谨专业的前置作业，产生新的创作方式，酝酿出不同的创作特质？相信是摄影未来是否能够吸引大众目光的关键。

情色乎？猥亵乎？

听了芭芭拉·德杰尼菲耶（Barbara De Genevieve）关于“性与禁忌”主题的研究与创作分享，主持人开场白时，认为所有女性主义者都应该来听这场讲座，看看这位来自美国菁英学府的严肃教授，如何引领以女性主义自居者往前走，而非停留在19、20世纪初？

我满怀期待来自异地的思想刺激……

芭芭拉·德杰尼菲耶引领观者遍览罗伯特·曼波特罗玻对男性黑人肉体的眷恋，安德烈·塞兰诺探讨性欲边缘化的各种人兽交、屎尿癖、恋童癖、背德的僧侣尼姑以及穿着3K党服装的黑人等；梅利·阿尔波恩则以影像记录真实性工作者与已婚男子的交易；安德烈阿·佛拉塞尔以“艺术家可以卖作品，为何不能出卖自己的身体？”为前提，以两万美金代价，征求愿意出卖身体者，并将两人间的性爱过程录制成作品播出；罗尔·纳卡大德则以年轻貌美的外表公开征求中年独身男子，并保证除性交以外，她愿意竭力满足这些男子的任何要求；罗·阿特伊则找来数名黑人艾滋病患者，以刀割其背部，再以纸印上他们的血后，将其传送给观者，导致观者纷纷离席；莎莉·曼则以她的三个孩子为主角，演出马奈的《奥林匹亚》自慰版，充满挑衅与色情意味的照片；

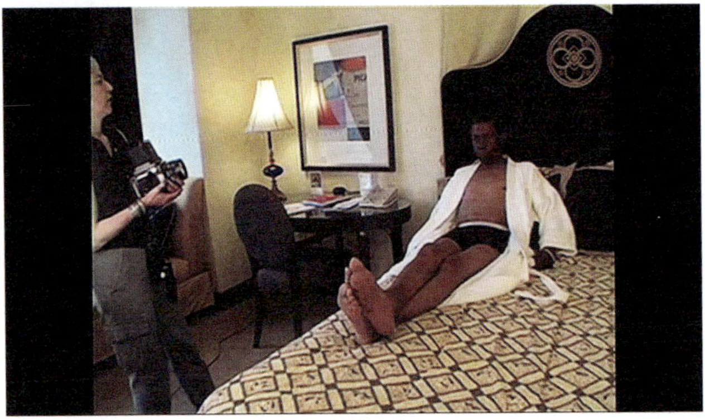

芭芭拉·德杰尼菲耶拍摄黑人流浪汉于旅馆的裸体录像

画家杰夫·库则公开以自己与A片妻子入镜，并印在画布上；缪佳欣及林爱真双人组创作的印在卫生纸上的屁眼之吻以及网络独角性喜剧表演；芭芭拉自己的作品：她的男性友人与两子的裸照；X史蒂夫先生与C芭芭拉的独语，探讨中年男子被十几岁未成年少女诱惑而发生性行为，究竟谁是谁非？最后以三段黑人流浪汉于旅馆的裸体录像与静态摄影，以及一位胖女子的裸身歌舞为今晚的《性与禁忌》讲座画上句点。

老实说，女性主义在这场演讲予我的启发是零！我不认为女人脑袋的解放与男人裸露程度的多寡有关；更不认为，原本被男人当作缪斯的女性，因取得了拍摄权就代表女性已获自由。透过芭芭拉所举的这些例子，我反而看到了美国创作界思想层面的局限与肤浅；学术界假“学术”之名而使得一切行为，如“猥亵”，也变得合理与高尚；这些影像作品谈不上艺术，更构不上“情色”，却也不幸地披露出这个时代品味低俗的事实；因失去了想象的情欲，也连带失去了美，而当艺术没有美时，还是艺术吗？恐怕，只剩下枯干的观念，濒死的呐喊！

美丽的影像背后

"当土地死亡的时候，人类还能活下去吗？"

自"八楼当代艺术空间 Floor 8"的《南风》钟圣雄、许震唐的摄影联展离去后，这一路上，这个问题始终盘据在我脑海……

那些看起来平静无波的大城乡台西村影像，

丧礼中面对死亡却能谈笑风生、神色自若的村民们，

被装甲车碾过路面以后留下的一排又一排"人"字，

太阳下晾晒着渔网的天际线风景成了栉比鳞次高耸入云的烟囱，

百位持盾牌警察在"六轻"前筑成人肉城墙面对跪地请求的老妇，

一堵墙上画着又大又甜的西瓜，

妇人坐在因罹患癌症而偷偷自杀的丈夫那间房门前不发一言。

462 位长住居民的小村落"台西村"，曾经是"西瓜随便种""鱼仔随便抓""文蛤甜螃蟹肥"的美好家园，自从"建设"来了以后，却成了什么都没有了，每天却与 398 只烟囱，隔着 6 公里浊水溪比邻而居的日子……

每到夏季，南风吹起，大城乡台西村的老人与孩童们，就得呼吸来自"六轻"工厂排放的空气；老人一位

洪凉、许庆堂、许万应、许良德、许万顺（自左至右），《南风》摄影展

接一位因罹患了肺线癌而撒手人寰，学童们的口中总有一口咳不出的痰，每至秋冬时分，各个成了兔子，因为眼睛总是红红的。

大城乡台西村成了全台湾癌症罹患率最高的村落，但是没有人在乎！

一如，

因传统产业外移而遭雇主遗弃求告无门反得负担债务的劳工，

为蒋氏政权卖命的老荣民连最后安身立命之所都因“建设”而铲除，

兰屿达悟族坐拥全岛三座核电厂的核废料还得甘之如饴，

一如……

一如……

我操着很破的闵南语，与远从彰化县北上台北参加《南风》摄影展开幕的这几位老阿伯——洪凉、许庆堂、许万应、许良德、许万顺（左至右）天南地北地聊着聊着，最后为他们在李鸣雕的这张新店溪畔《牧羊童》照片前拍下这张合影留作纪念。画面中三名孩童和小羊天真烂漫的形象，曾经是20世纪50年代末纯朴的台湾社会注记，如今的台湾社会，却成了贪婪腐臭逸乐声色之岛，回首前尘往事，不胜唏嘘。

关于肖像摄影

拍摄一张勾起人们欲望的照片与拍摄一张唤起人们良知的影像，摄影师思考的角度与所需的条件，几乎是全然对立的！前者需要的是化腐朽为神奇，点石成金的颠覆力与想象力；后者则必需回归历史，藉由具体的历史事件与其特殊的时空背景来激起人们的感同身受，并进一步促使观者思考与抉择立场。

随着彼德韦伯执导的《日落真相》(Emperor,2012)即将上映，我在片中发掘到的不仅是电影如何向它的前辈——摄影——复制其形式，更汲取养分。

由麦克阿瑟将军私人摄影师贾塔诺·法雷斯(Gaetano Faillace)于1945年9月27日在东京美国大使馆内拍摄的这张历史镜头——麦克阿瑟与裕仁天皇合照，如何在我们一次又一次的复制之下，不断地改变其原有样貌……

那天的会晤，贾塔诺·法雷斯至少拍摄了两张，一张是被日本官方与美国军方选出来做为历史档案，我们可称之为“官方版本的历史”；而另一个镜头，却被美国最具代表性的影像报导周刊《LIFE》杂志选出来做为封面。仔细端详两者，不难发现其中的差异：第一张中的两人若有所思，麦克阿瑟将军的体态一派轻松，心思却别有旁骛，而裕仁天皇则以微微抬起的下巴，并拢的双腿，拉撑起皇室地位与

（上排）贾塔诺·法雷斯（Gaetano Faillace）于 1945 年 9 月 27 日在东京美国大使馆拍摄的两个历史镜头
（下排左）森村泰昌扮装自拍麦克阿瑟与裕仁天皇合照
（下排右）彼德韦伯《日落真相》剧照

战败后的日本国格；而第二张的拍摄应是在两人以为这历史性的会晤已经暂告一段落，摄影师却于两人卸下心房时来个回马枪，按下快门！而这张照片中的两人的神态放松，裕仁天皇露出难得的微笑，一只脚趋向前侧，而麦克阿瑟将军则是两眼直视照相机,完成了这张平易近人的肖像照。

有趣的是，后人虽然模拟这张符合官方要求，民众心理的历史画面，却纷纷加入自己的历史观点与诠释。在这张日本扮装摄影师森村泰昌的作品中，乍看十分神似的历史画面里，却出现了场景错置以及人物心理更为复杂的表现。原来的美国大使馆换成了日本茶栈，原本神色自若的裕仁天皇，此处反成了极欲掩盖内心罪恶，饱受良知煎熬，濒临精神崩溃边缘者；而他身旁的麦克阿瑟将军自大骄矜的神色，从他嘴角挂着的残酷笑容，不言自明。

有趣的是，这幕历史画面在《日落真相》中被导演彼德韦伯赋予现代面貌。一直以来，以正义之士与英雄自居的美国，以及，至死都矢口否认自己就是挑起千万人流离失所，犯下惨绝人寰的战争暴行的裕仁天皇，在这个历史镜头中，两人面对自己犯下的滔天罪行，竟然都成了手足无措的孩子般，不知所措！但也就在这神性与英雄面具掉落的一刹那间，我们终于得以见到人性的真实面貌。或许，历史的真相，永远不在影像记录中，而在我们的心里……

戏剧丨艺术笔记

假戏真做

近日因事务繁多，我养成在咖啡馆工作的习惯，却也因此发现，每每不用竖起耳朵，便可听闻邻座高谈阔论“水清无鱼”“台湾政府是笨蛋”这样的对话。台湾人满脑子都是钱！这已是社会普遍现象，但，曾几何时，台湾人居然已经视“贪腐”为经济发展必要之恶？

昨日惊见为人师表的大学教授，竟涉嫌以假发票核销，金额高达百万不等而遭贪污罪起诉，随之跳出多人发表共同联合声明，要求检调从宽量刑，不要以贪污罪起诉！更有人以“教授开假发票”乃“历史共业”为此行为辩解；读着这些新闻，我还以为自己置身于民国 97 年看的那出河南戏曲《包公坐监》的情节里。

包拯得意门生高守正刚刚上任，便获赠来自县令袁玉标的酱菜两坛，未料酱菜坛因内藏金锭，过于沉重，在搬运过程中被厨娘失手摔破，天机因此泄漏。高守正见此，既惊又惧，最后在妻子的劝诱下收下银两，却又害怕东窗事发，急急解聘厨娘，并想杀人灭口，厨娘连夜报案，包拯不信自己一手调教出来的学生，竟然一入官场，便娴熟生存之道而罔顾他多年的教诲，决定乔装为算命先生，亲至府衙调查……

如今已是民国 102 年，难以想象，我们的学界，或

《包公坐监》剧照

者，这些读书人，竟然还可以抱持如此封建时代的思想，自认是高级知识分子，企图干预司法秉公处理，高唱“若以贪污罪起诉，恐导致人才外流”这一颟顸、迂腐、无知且恬不知耻的声明。若是台湾教育界充斥着这等教书先生，恐怕，他们“说一套、做一套”的行事风格，只会误人子弟，让台湾社会沦为“贪婪之岛”。

空有形体没有实质的《普罗米修斯》

我一直深受希腊神话故事里普罗米修斯这个悲剧人物的故事所吸引。他代表了人性因独立见解而备受轻视与诋毁时，所展现的那份不屈不挠的勇气与自信，也是这个世界逼迫人们向暴君、虐待狂与野蛮的独裁者献上全部时的顽抗典型。

由希腊导演狄奥多罗斯.特尔左布勒斯（Theodoros Terzopoulos）执导的《普罗米修斯》，取材自剧作家埃斯库罗斯(Aeschylus)改编自希腊神话故事的脚本，描述不惜忤宙斯命令，私下将火种送人类，而遭铁链捆缚于岩壁，日夜遭老鹰啄食肝脏之苦，不肯屈服于宙斯威权的普罗米修斯，预见了宙斯衰败的命运，新文明的诞生，不同时代的冲突与新一波的危机……

虽然本剧邀来希腊、土耳其及德国籍演员担纲演出，以求取文化跨界的丰富多元；以极其简约的舞台设计凸显出“贫穷剧场”的舞台概念；并经由限制演员的活动范围，以求超越其肉身禁锢，以制造出更强的戏剧性冲突。

然而，该剧之所以突出，不在于上述元素以及导演独特的手法，而在于这出戏在不同的地点演出时，均以当地文化风景融入舞台设计，打造出独一无二的戏剧场景，例如，于剧作家埃斯库罗斯的故乡——雅典的伊莱夫希纳古油井遗迹上举行世界首演时，欧洲“贫穷艺术”大师库奈里斯，以千颗巨石组成的舞台，使得演员颤抖的身体与发自体内的人性怒吼，直捣观者心灵，令在场者难以忘怀！但观赏这次于国家戏剧院演出的这场《普罗米修斯》，却是空有形式，缺少直通观众心灵的戏剧性力量！而该戏的天上、人间与炼狱三个空间，在缺乏层次与立体感的舞台设计下，也显得界线模糊。不免让我想起米其林九星主厨亚伦·杜卡斯来台展现厨艺时，以真空包代替真材实料的现场制作，表面上看起来，摆出来的成品似乎是该有的都有了，但，一入口，就发现这盘料理缺乏真正应有的“滋味”。

狄奥多罗斯·特尔左布勒斯（Theodoros Terzopoulos）执导的《普罗米修斯》

《邯郸梦》剧照

昆曲传奇名作《邯郸梦》

昨晚总算亲眼目睹耳闻已久的上海昆曲表演艺术家——计镇华与梁谷音——这对 70 好几，搭档了近 60 年的国宝级艺人，演出明朝汤显祖 400 多年前的传奇名作《邯郸梦》。

原著 30 折的《邯郸记》，经由王仁杰整编浓缩，赋予时代意义而成《邯郸梦》。前半部描绘卢生入梦、招赘、夺元、被贬、立功，几番情境转换却也流畅生动，叙事节奏一气呵成，看得我大呼过瘾！后半部集中于法场、充军、召还、极欲到去世，剧情直转急下，直坠谷底后倏忽再起。这起卢生故事，丰沛淋漓，道尽汤显祖对当时官场恶斗的愤懑，以及封建体制下的人情冷暖，士大夫家庭追求夫荣妻贵、子孙世代在朝为官的嘲讽之情。下半场本是这出戏最精采之处，戏剧力度却明显不足，几场转折戏全是拖拖拉拉,可惜了宝刀未老的计镇华,可惜了汤显祖的用心良苦。

近来传统戏曲界多流行古戏新编，然而，加了干冰与七彩灯光效果的舞台，并没有带来多少亮点，更多时候，是一种对观众的折磨，戏剧的累赘！归根究底，撑起这戏的，不是那些个花花绿绿，仍是演员扎扎实实唱作俱佳的硬底子功夫，动听的戏曲，以及那点亮全剧灵魂的故事脚本。

《白痴》(2006, 278 min)

挑战观众的极限

重拾每周游泳与健身习惯，昨天下午随即派上用场！

从周三起，一连 3 天，挑战身为观众的极限——观赏来自柏林人民剧院带来的三出戏：《白痴》(2006，278 min)、《群魔》(2000，178 min)及戏剧《赌徒》(270 min)。皆由剧院独立监制，前卫剧场大师法兰克·卡斯托夫 (Frank Castorf) 执导，改编杜斯妥也夫斯基笔下暗潮汹涌的 19 世纪俄罗斯社会现况为今日世间寓言。

对于虚无主义者的爱情与政治观，宗教与无神论间的暧昧关系、伴随财富而生的虚荣与虚无，暴力成为新时代的信仰等……多所着墨。场景调度迭出新意，自由氛围无处不在，而创新，却是透过对演员及观众体力与专注度极限的挑战，碰撞出更多的火花。

玫瑰人生
傳奇之聲
La Vie En Rose
La Môme
香頌天后吉爾愛格
首/度/訪/華/音/樂/會
Jil Aigrot
吉爾愛格

吉尔爱格

法国香颂

吉尔爱格的声音，轻巧时，宛如珠玉滑落；雄浑时，又如陈年老酒。

第一次来台，虽凭着一首琵雅芙的传世名作《玫瑰人生》，而在听众心田烙下印记，但这次来台演唱会，却让我惊喜地发现，吉尔爱格不仅会“演绎”与“模仿”，还能够凭借着声音，在我的眼前搭起一幕又一幕穿梭于街头巷尾的巴黎景致。

下半场的压轴——《玫瑰人生》，她缓缓卸下界于她与听众间的那道围篱，边唱边走，所经之处，无不以歌声将玫瑰花瓣撒落在人们心田，让所有听众都沐浴在爱河里；紧接在后的《爱的礼赞》，却一下子将洋溢着微醺幸福的爱情，转而凝聚成一股圣洁的咏叹，我泪流满面，调音师竟也像孩子般潸然泪下；这场演唱会就在查理·杜蒙的这首《我无怨无悔》画下灿烂的句点。一场美极又感人的音乐会！

高行健《山海经传》里的英雄无处可容身

在国家戏剧院里风光映演的《高行健〈山海经传〉》，改编自诺贝尔文学奖得主高行健戏剧作品。这部我最热爱的上古神话，经现代戏剧手法改编以后，成了一部热闹华丽的摇滚与抒情兼具，融合传统戏曲、现代戏剧、舞蹈与歌剧型式的三幕十六场音乐剧。

我看到了豹女西王母娘娘成了手持皮鞭坐在龙王宝座上的SM女王；自小娴熟的射日英雄后羿，成了一位鲁莽冲动、耽溺美色又爱慕虚荣、贪生怕死的懦夫，最后竟被他所拯救过的黎民百姓所害；而追逐着太阳的夸父与为了复仇而填海的精卫，一位在东晋陶渊明《读山海经》里被推崇为“夸父诞宏志，乃与日竞走”，另一位则是陶渊明笔下“精卫衔微木，将以填沧海”。这两位“知其不可为而为之”的英雄，在剧中却以寥寥数笔带过，这逐日填海的故事，只换得说书人口中的“成者为王，败者为寇”。

全剧中却花了大量篇幅探讨“‘政治’与‘斗争’是个什么东西？”我们看到垂垂老矣只想息事宁人的炎帝与年轻气盛的蚩尤；以及靠着心狠手辣、威胁利诱一统天下以后，立即断绝天地通道的黄帝；自此以后，人再也无力可回天，若非炎帝后代共工撞不周山，黄帝的

高行健《山海经传》

《山海经》插图

长孙鲧体恤天下苍生，发动一场贵族革命，人间将世世代代遭洪水为患；而鲧死后而生的禹，虽治理水患，造福苍生，却也奠定了帝制，自此以后中国进入帝政时代。

这纷纷扰扰，充满了神话传说及上古时期不可思议的革命精神的《山海经》，原本体现了这个民族勇于挑战极权，不屈不挠的精神，在这出华丽热闹的《高行健〈山海经传〉》中，却成了为皇权帝制注记，人人为生存而不得不诛杀异己的借口。少了精气，添了几分华丽的《高行健〈山海经传〉》，象征了一个民族的垂垂老矣！反抗精神不再的中华民族，除了在那些个枝枝节节的东西上添加几笔聊以自慰之外，难道就无法创作出如西方古希腊罗马神话《普罗米修斯盗火记》般兼具人道主义与启蒙思想的不朽巨作？

河南梆子一甲子

从小陪着父亲看河南戏，浑然不觉，这个陪伴我长大的台湾豫剧团，因1949年国共内战而兴起，又因一位16岁的女孩王海玲（本名王桂仙）担纲演出《杨金花》而得免于被解散的命运！

一甲子过后，台湾戏曲界极富创意精神的编剧施如芳女士，以“战争里的女性”为题，引领我重温两岸对峙时最热门的戏码——《杨金花》《花木兰》《穆柱英》，而这些力挽颓势的战地女英雄，与那些被后世史书贴上“红颜祸水”标签的女子：被唐明皇一条白绫赐死的杨贵妃、特洛伊城的海伦；男人权谋操弄下的牺牲品：织田信长的妹妹阿市、遭刘邦背叛的烈女子吕雉、中日战争期间的李香兰、被孙权二度出卖的孙尚香……以及三位传奇女性——豫剧名角王海玲、张爱玲，编剧家施如芳——之间穿越时空的对话，共同谱写出这出异常瑰丽与丰富的《巾帼·华丽缘》（2013），堪称为台湾豫剧团自成立以来，戏剧形式亦古亦今，表现技法生动活泼，剧本架构最为庞杂，企图心最强，也最具挑战性的一出实验剧。

《巾帼·华丽缘》(2013)

英雄不怕出身低——一代戏剧大师李国修

在这个艺术家如劳力士表满街都有，却是“赝品”居多的年代，一位不争不怨，不卑不亢，自爱上戏剧开始，就埋首其中，日夜钻研，不因贫贱与利诱而改其志，不因外界褒贬而大喜大悲，一生致力于完成两个梦：一是创立一个全职的戏剧团体，让所有有心从事表演艺术的工作者，可以心无旁骛地奉献于戏剧之路；二是建立一座可以容纳 1500 人的剧场，一部戏可以连演上 10 年。

这两个梦的第一个梦，在李国修先生遭到留美戏剧艺术博士同侪以其“学历不高”“不懂做人处世道理”为由，推挤冷落后而生；那时的他，不但不怀忧丧志，反而看到台湾戏剧环境里最严重的问题——没有一个剧团可以仰赖戏票收入来营生与支付团员工作酬劳，因此，所有当时台湾的剧团都是采“免费”制。他决心创立第一个支付团员薪水的商业表演剧团，剑及履及的李国修，怀抱梦想于 31 岁创办了“屏风表演班”。

16 岁那年，我有幸成为首创团员之一，当手上拿到第一笔来自“屏风表演班”发给的 3000 元酬劳时，心情激动到无法言语！那代表对每位团员于这段时间所付出的心力与劳力的尊重，更是对每位团员在戏剧这条路上摸索前进，自我学习与淬炼成长的这段过程之肯定。

世代對話
度過人生 千萬認真
'09 10/21
(三) 19:00
成功大學醫學院 成杏廳
（本場次採自由入座）
成大藝術中心
屏風表演班
台南市大學路1號 光復校區
tel 06 2757575 ext.50014 fax 06 2766494
http://artcenter.ncku.edu.tw/b/n/home.php

一代戏剧大师李国修

我还记得，当李国修先生在亲自发给我们每位团员信封以后，语气满怀歉意，却同时深自期许地说："希望以后'屏风'能给您们每个人的，不仅是这区区 3000 元，而是更多。"

58 岁的李老师，留给我们 27 出了不起的戏剧，他一生的心血结晶"屏风表演班"，以及身为真正的艺术家最重要的精神——傲骨。他就这么不喧不闹、不疾不徐，虽头角峥嵘却从不骄矜自喜，言语之间从不提"自己曾经做过什么？"而只问"自己还有什么没做？"这样一位难得一见的台湾戏剧家，怀抱着他未竟的两个梦想离开了我们，也留给我们后人两个未竟的梦想：一个全职的戏剧团体，以及一座可以容纳 1500 名观众的剧场。

我会永生记得，年年前去探望您的时候，不带鲜花，只带两张戏票。因，那是对您真正的敬意。

欠缺“人性”的《赵氏孤儿》

在所有中国古典戏剧中，最受世人瞩目的悲剧，恐怕是《赵氏孤儿》。这出源自春秋时代，晋灵公之后，被传唱千年的历史故事，不是根据正史《左传》，乃是道听途说，穿凿附会而成，赵氏孤儿故事的轮廓源自司马迁《史记·赵世家》，多次被搬上舞台，改编成戏剧、舞蹈乃至电影版本；1735 年，经由法国传教士马约瑟翻译成法文，因而流传到西方，盛誉历久不衰，法国文豪伏尔泰便曾改编此戏为《中国孤儿》。

然而，这出由国光剧团参考 1960 年代“马张裘版本”的《赵氏孤儿》，虽经唐文华润饰改编，而他本人饰演的程婴，更是表情丰富、做工精致，但与 1960 年代“马张裘版本”的《赵氏孤儿》以及陈凯歌电影版本的《赵氏孤儿》(2010)，大同小异！

这个版本的戏剧推陈，多处欠缺合理性，来龙去脉也未有着墨——为什么晋景公非要赶尽杀绝赵氏一家上下 300 多条人命？屠岸贾与赵盾之间的血海深仇从何而来？赵武发现 15 年来、对自己疼爱有加的养父竟是杀害生父与恩人儿子的凶手时，马上恩断义绝，内心竟没有半点挣扎？

剧中集结了这些异常刚烈的人物，而这些人物品格

《赵氏孤儿》

之伟大，简直可列入圣人榜——为结拜兄弟程婴而甘愿赴死的公孙杵臼，揭露程婴挟带婴儿出宫而选择自刎的韩厥，公主贴身婢女卜凤面对严刑逼供、宁死也不肯吐露真相，为了替赵家留后而不惜牺牲亲身骨肉的程婴；虽说《赵氏孤儿》谈的是君子成仁取义，但这戏里的成仁取义，却因缺乏人性的挣扎而显得浮夸，甚至不真实。

但人性挣扎的时刻，却造就出丹麦导演德莱叶《圣女贞德受难记》(1928) 这部电影动人之处，更形成饱满的戏剧性高潮，而避谈“人性”的《赵氏孤儿》，却使得剧中的赵武成了快意恩仇者，也少了莎士比亚笔下人物——哈姆雷特的深度与复杂度。

中国戏剧往往文以载道，教忠教孝，但在教忠教孝的同时，却因缺乏人性深度而留于样板与教条，《赵氏孤儿》因处处“顺理成章”而削弱了戏剧力量，也留给观众满腹疑点。

走出历史梦魇《沉没的红》

一位男子百般寂寥地坐在红色暗房，用磨石与锉脚皮刀开始磨起脚底的厚茧，脚皮像灰尘一样地洒落在地板，灯光渐暗，往事却如浸泡于显影剂中的胶卷般逐步浮现。

男人开始述说他的母亲，身为唯一的亲人，他却坚拒出席她的葬礼……这位冷酷的男子令观者满腹疑虑，主角却引领我们来到二次世界大战那个囚禁着 3 岁的他与妹妹、母亲与祖母的日本集中营，我们终于得以体会，战争虽然结束，这段残暴的经历如何形塑他的人格，不仅彻底摧毁他与母亲的关系，也影响日后每段情感关系，成为他人生永远挥之不去的烙印。

这出单人独幕剧改编自荷兰作家杨恩·鲍威尔斯的同名小说《沉没的红》(Sunken Red)。导演基·盖西耶刻意将场景设置于暗房，并以红光洒落一室，同时在舞台上安置了五架摄影机，分别以不同的角度观察与呈现主角；如同小说中，主角看着自己，和他自己的倒影对望，导演藉影像来传达书中文字如一把利剪，毫不留情地自我剖析以后，显现的是支离破碎的自我。

母亲的爱，使他成为一个“面对任何人间悲剧与至亲肉体心灵受创时，都只能‘端坐原地’。”麻木不仁的“无

《沉没的红》，基·盖西耶

感者”。尽管鲍威尔斯一再提及自己已经成为一个麻木不仁的“无感者”，但他心中如星星之火不时闪现的希望与期盼，却如他言词中不时闪现的良知，一如故事结尾，当他再次感到“无感”时，他说出：

“没有金色双眸的鹿，突然出现在我眼前，站在湖的对岸，迷雾和雕像之间。没有画眉鸟飞来，用母亲声音对我歌唱，为我带来母亲的消息；更没有松针落水中，以特别的姿态浮游，瞬间写出神奇的辞句，只要大声朗颂就能治愈我的灵魂。”

鲍威尔斯想要摆脱行尸走肉的生活，破茧重生！也正因如此，他的呐喊既绝望又充满了渴求，真实与谎言并存，一如我们所身处的这个时代，《沉没的红》，反映着人心深处的光明与黑暗之争。

谎言远比真实更甜美

观赏杨·洛华兹(Jan Lauwers)需要同伴(Need-company)剧团——“悲伤脸/快乐脸”三部曲首部:《伊莎蓓拉的房间》，真是一次痛快淋漓的戏剧经验!

从一开场，观众惊觉自己不再于以往，可隐身于黑暗，当个疏离安逸的旁观者，而是得随着舞台演员们，一同横跨并见证整个20世纪历史：从殖民主义到原始部落文化，从第一次世界大战、二次大战、广岛核战到第一次登陆月球；从现代艺术界——达达主义的胡森贝克、立体派的毕加索、超现实主义的布列东、意识流派作家乔伊斯，到对摩登庞克族之华丽摇滚（Glam Rock），起了推波助澜的巨大影响力的流行音乐——戴维·鲍依（David Bowie）的《星尘异姬》（Ziggy Stardust,1972）专辑；从后殖民时期长期陷于内战、饥荒与暴动的非洲，到极右派政党的再次崛起。

在这出充斥着各色各样的谎言（人生的，爱情的，政治的，历史的，戏剧的），围绕着爱与性、生与死、暴力与温柔的女性故事里，担纲女主角的薇薇安·德·基因克（Viviane De Muynck），是位67岁的阿嬷；她那原始维纳斯形体的外貌，火力四射的热情！将这位终其一生，有过73个情人，视世间伦理道德于无物，自称:

《伊莎蓓拉的房间》

“每段关系都是与众不同的美好经验”，而且她总以温柔尊重的语气谈论着他们。面对人间悲伤也能平静自持，结合佛陀的禅思冥想与安东尼将军对欲望的收放自如的“安东佛”，诠释得不温不火。

伊莎蓓拉的人生故事，经由众人之口说出（有时以含混不清的吼叫或者莺燕呢喃的方式）、唱出、舞出，故非仅存主角一人观点。更有趣的是，每位演员扮演多重角色，并且多以“非‘完人’”的形态出现：如阴魂不散的安娜与阿瑟，伊莎蓓拉的右脑、左脑及性感带，疯颠厌世的亚历山大，从谎言中诞生的男人——沙漠王子。而不断地随着时空更迭而变迁的舞台，一再挑战观者的想象力，从小岛灯塔到巴黎小公馆，从文学书店到声色酒吧，从刚果到月球到日本广岛再到意大利领空盘旋……

《伊莎蓓拉的房间》邀请观者面对真实，但一次又一次，观者却如伊莎蓓拉，都情不自禁的，在这个以谎言缔造的不朽神话前缴械。我们见识到谎言的非凡魅力！不是没人瞥见真实，而是面对真相的负担太过沉重，人们宁愿重新埋首于过去，不仅因为谎言永远比真实更甜美，更因为“‘我’已是‘谎言’！”

《静止的声音》，黄心健（2009）

多元丰富的台湾当代艺术

这个周末十分文艺，感觉“台湾社会已经正在形成一个学‘艺术’比念‘理工’更有出息的趋势。”

在众多艺廊的不同展出作品中，令我回味再三的有“采泥艺廊”——《启蒙之光》（Illuminations）黄心健的《静止的声音》（2009）。如耳朵形状的齿轮，于运转的过程中被密封于透明的璐彩特（Lucite）材质中，隔着厚重的有机玻璃，观者想象，在这空间中，随着注入的液体而逐渐凝固，终至停止运转的齿轮，犹如被尘封于琥珀中的昆虫，随着黏稠的水晶材质逐渐凝固于此时空之中。这件有关“声音”的作品，灵感源自于自从杨贵妃自缢后，被流言蜚语困扰到无地自容的唐明皇，作品饶富历史典故与观赏趣味。

另一个让我过目不忘的是目前在《八楼当代艺术空间》张嘉峻、蔡政庭双人联展的《臭皮囊》。张嘉峻于其作品中，探讨当人类回归兽性，从两只脚走路退化为四只脚着地时，那时的人间究竟如何？两位极其年轻，30 岁不到的创作者，以截然不同的观点赤裸呈现人畜道，让我看到台湾社会这 20 年来沐浴在自由民主的气氛下，说故事的元素越来越丰富，表现的手法也越来越跳脱陈窠。

图书在版编目（CIP）数据

彭怡平艺术笔记. 1 / 彭怡平著. -- 北京 ：中国民族摄影艺术出版社，2014.6
ISBN 978-7-5122-0564-2

Ⅰ. ①彭… Ⅱ. ①彭… Ⅲ. ①艺术－随笔－文集
Ⅳ. ①J-53

中国版本图书馆CIP数据核字(2014)第094203号

书名：彭怡平艺术笔记1
作者：彭怡平
策划：殷德俭
责编：张 宇 孙芳英
设计：薛 涛
出版：中国民族摄影艺术出版社
地址：北京东城区和平里北街14号（100013）
发行：010-64211754 84250639
网址：http://www.chinamzsy.com
印刷：北京国彩印刷有限公司
开本：1/32 787mm×1092mm
印张：8
字数：90千
版次：2014年6月第1版第1次印刷
印数：1-5000册
ISBN 978-7-5122-0564-2
定价：38.00元